新居格 随筆集

散歩者の言葉

荻原魚雷 編

虹霓社

目次

（詩）

路と云ふ路は羅馬に
通ずれば
ドン・キホーテよ
でたらめに行け

自由人の言葉

「これは私が尊敬すべきあなたに呈したいたつた一つの警告なんですが、」……さう冒頭に云つて友は言葉をつづけるのであつた。

「私はあなたをよく知つてゐるつもりです。知つてれば知つて居るだけ、私はあなたにたいする世評を、この誤解を憤慨するのです。私のところへ来る若い詩人達があなたをカリカチユアにして居ます。それは全く腹が立つ程です。そんな訳ですから、あなたは自重して頂きたいのです。貫禄を持してもらひたいのです。詰り軽々しく言論することを謹んで欲しいのです。」

これは初秋の静かな夜、一人の友が私に投げ出した警告であつた。

「有難う。君の好意を感謝します。だが、君は先づ一通り僕の云ふことをきいて頂きたい。」

その友の警告を具体的に云へば、私が所謂モダン・ガアル論を遣り出したのだ相である。そして世間にモダン・ガアルと云はれる女性の一群があると云ふのである。彼女等は洋装して、気取つた歩るき振を示して、丸の内や銀座の舗石道を通つてゐる。彼女等はたしかにショックを与へるものである。が、何だつて新居格はあんなものを、どこがよくつて褒めあげたのかと云ふ非難が一つ、もう一つはああした存在はブルジョア末期の崩壊現象ではないか。そして彼女等は末梢的な感覚と、享楽とを愛する浮華な存在に過ぎないのではないか。新居格は彼女等の好みを煽揚する詰らない男だと云ふことである。

私は弁解をきらふ。まして他人が何と見やうが、それはその人の勝手だと極めて軽く考へて居る。であるから、私の議論がその存意から遥かに遥かにちがつたものに受け入れられて居り、それにたいする攻撃がどんなに戯画化されて居やうが私は何を思ふであらうか。

モダン・ガアルは何も私の創始にはかからない。北澤秀一氏が雑誌「女性」に英国のモダン・ガアルを紹介した。その文中この国にさうした女性がゐるかゐないかは知らないがと云つてあつたのを、私はいささか見る所があつて日本のことを論じたことが二三度あつた。私の所論は私自身の見解になるもので、それが世人の見解とかなり違つた程度のものだつた筈である。私の所見は私の思想的立場である無政府主義から出発して居た。そのうちに世上のモダン・ガアルなるものの出現が漸く顕著になり出すと、一部の人人は私を以てそれの創始者であるかの如く看做すものさへが出来た。而して所謂モダン・ガアルの名とそれらしいものの激増が世人の眼にいちじるしい存在となり出し、それらが世人のショックとなり、漫画となり、カリカチュアとなると、それと形影相伴ふ如く見られ勝《がち》な私が引いてカリカチュアとされるのは自然であろう。そこで一人の友人が警告したやうな非難が日増しに多くなるのかも知れない。だが、私がここに書かうとする論旨はモダン・ガアルのことなぞでは無い。私はむしろ私自身の本音を吐かうとするものである。私は敢て云ふ、かくの如きは狂へるものの言であらうか。今の世間が私の考へ方を奇矯にして非常識だとする。その場合は私こそ世間をあべこべに非常識だとしたい。

私は「現在日本にたいする私の態度」に就いて書いたことがあつた。それに私は極端にまで寛容でありたい私であることを云つて置いた。私はモダン・ガアル――それが私の見解したそれと異つて居り、かなりのショックをわれわれに与へるものであるにしろ――にたいしても寛容である。だが、モダン・ガアルに関連して私の上に投げかけられる誤解曲解を気にしたくないのはモダン・ガアルにたいする私の寛容さからではなくして、私のもう一つの考へ方から来るのである。「友よ！　私はあなたの好意を有難く受け入れる。だが一応きいてほしいものがあるのです」と云つたのはそのためであつた。

友が私にとれと云ふ生活態度は次のやうに推し測られる。「あんななつちやゐないモダン・ガアルを煽てゝゐるとカリカチユアになつて人間が軽くなつて損だよ、よろしく高く持して学的態度で物を書くなり、でなければ尤もらしい態度で作品を書くことだ。軽軽しく身を取扱ふことは注意しろ」と云ふのであるが、私はそれも分る。しかし、私は誤解曲解から来るカリカチユアにたいして損をするから、さうした第三者の臆測から来る拘束に支配されて態度をかへることを世間的乃至《ないし》常識的として排斥したいのである。

私は変に小利口で世間の思惑や評価を推測して、それに政策的な動きをとつて、買ひ被られるよりも、極端な正直さを守つて悲劇的に終らんことを欲する。政策は本質に虚偽を含む政治家の行き方で、また本質に欺瞞を含む商人の態度である。マアキユリイ、それは偽りの神である。芸術に欺瞞はない。生活――にそれがほんとうのものである限りに於て――虚欺はない。

誤解、曲解、世評、第三者の臆測に拘束されるなんて、そんな自由人が何処にある。私がモダン・ガアル論で世間からどんなにカリカチユアにされてゐやうが、私はそのために襟を正して急に教育家の如く鹿爪らしくする必要がどこにあらう。さうすることは、政策からすれば、私はあまりに世間的になることである。政策からでないとすれば卑怯である。

私は常に云ふ、一人の人間がたつた一人の人間を理解することすらが殆ど不可能に属するとさへ信じてゐる。私はそれ故に、さらに世評なんぞに信を置かない。世評とは半ば雷同である。出なくとも極めて低い理解の若くは誤解の平均量である。

世評の根拠が必ずしも理解であるとは限らない。好ましい好都合の誤解がどんなに作用してゐるか分かりやしない。世評に喜ぶものはお目出度い、それを気にするのは意地がない。何れにしても彼等が外部から勝手に見て随意に構成する概念が人それ自身の実体に何の交渉があるであらう。

悪るく誤られるならばそれでいい。よく誤られた場合なら、私は私の愚直から知れば訂正を申し入れたいのである。

友人の忠告を容れて、私からみて何でもない貫禄とか、重味とかと云つたものを世間に受けとらすよりも、誤られたままのカリカチユアであるとしたい。

私は両性関係にたいするこの国の世間の目附が常に低劣過ぎることをこの前にも論じた。私は内容の実在のみに就く。そして外部乃至第三者の勝手な推測を恐れたくない。そんな推定に拘束されて、自分をまげることは恥づべきであると断言した。だが倫理の基準が以上の云つたやうな推測から来る拘束の上に成り立つたりしてゐるのは全く詰らない。その代表的な文句に李下の冠と瓜田の履がある。私の倫理は第三者の推測から来る拘束に囚はれたくないが故に、李下に立たうが、瓜田に這入らうが何の顧慮がない訳である。盗まうともしないで立つ李下を、盗むものだとみるのは見る方の目附の悪いのである。さう思はれはしまいかとびくびくするのは卑怯である。私はかうした思想をこれも曾て「或日の解釈」と名づけた創作に託したことがある。その創作には特に両性関係に就いて描いたが、同じ倫理は両性以外の関係に就いても同様なのである。

当今の小説について、心境小説、本格小説の議論がある。それは主観小説と客観小説とにしてもいい。が、それに就いての議論を私はここでする積りはない。ただ私は極めて主観的な人間であると云ひたい丈である。で、私が創作すれば殆ど主観小説である。私はそれがいけないとは思はない。客観小説が常に主観小説より大きくてすぐれたものだとは思へない。尤も私なぞの主観小説のまづさは主観が貧弱で力がないことから来る。主観の力の弱さは生活の力弱さと相関関係に立つ。私としては主観を極度によく生かすためには極度に正直であらねばならぬと丈は思つてゐる。だが、その正直さは残忍である。自分自身を傷《きづつ》ける計りでなく、死にさへ導く。けれども、それが必然ならば止むを得ないと思ふ。

曽つての自然主義小説はあくまで客観の真に就かうとした。私は私の主観の上に峻厳な真を以て臨まうとするのだ。私を生かすものもそれであらう。だが同時に殺すものも……

再び小説なぞのことから離れて物を言ふ。

世間や世評に拘束をされる私の真ではありたくない。どんなに誤解されやうが、永久に誤解されやうが、実態の真実に関係のない空像に何の責任があるであらう。それはそれだ、而してこれはこれだからである。芸術は願はくばその実体のみの推進馳突であれ、それ以外の何物でもなくてあれ。であるから芸術が世間の持て囃しにより、その発表的機関や、売薬類似の誇大な広告の相伴によつてあるかの如き現状は甚だしくつまらない。

近松秋江が中央公論や改造を大舞台として、さも歌舞伎座や帝劇の如く、そこにかく作者は檜舞台の役者の如く解釈するのは不見識である。正宗白鳥なぞにも同様の考へ方があるらしく見うける。が、これらは何れも世間的乃至常識的の考え方であり過ぎる。芸術は読者を想定して又発表機関を想定すべきではない。それはそれ自体の創造的創造である。

だが、この議論からも暫らく離れる。そして又私の問題に立ち戻るであらう。

私は生活に於ても実体の真にのみ依ることを欲する。私にしてみれば、外部から来るあらゆるものの外飾的なものの悉くを侮蔑する。

学問の堆積乃至到達乃至発見にたいする実体を重んずるが、それにたいする学位をつまらなく思ふ。それにひかれて勉強する学徒の幼稚さを嗤笑する。あらゆる位階、勲章、爵位、肩書等の無用を考へてゐる。人間はまださうしたものを要する程そんなにも進化の下劣な階層にゐるのが寂しく感ぜられてならない。世評などが等しく外部から来るもの、従つて実体と些の関渉のないもの、そんな拘束に人人は支配されねばならないのであるか。私は「無名礼讃」を書いて、既成観念に基づく崇拝の心理の虚妄を指摘した。それはともあれ、芸術が本質的に革命精神があると考へたいのは、それは一切の既成観念を蹴飛ばすことであるからである。

生活に於いて既成観念を無条件に肯定して、芸術の上に未来的創造の何の切り開きがありえやう。

既成観念に適任する生活に真はない。あるかの如く見えてもほんとうの真でそれはない。

生活は生活の内具的なもののみがほんとうである。芸術もその通り。ほんとうの芸術が既成観念脱却の本質がある如く、生活にもそれがある。

私がその何れもの内在性に重きを置いて、それの外部から附け加へるすべてに意味を見出さうとしないのはそのためである。

外的につけ加へることがそれら二つのものにとつて余計であるが如く、生活及び芸術が内部的に虚偽の外殻を置かうとするなら、同様にいけない。生活並びに芸術が内部的から発生させる虚偽の外殻とは因襲の苔をそれらの上に生やすことである。それらを包む既成観念の空気を破らうとしないからである。

前に云つた貫禄がそれだ。重味がそれだ。よく思はれよく見られようとするトリックがそれだ。非難に囚はれ世評に拘泥することがそれだ。

我らの生活と芸術との実体はあるがままに在る。トリックでそれに何の衣を着せようとするのだ。ではない、われらの極まりなき冷酷さで、露出的であらねばならぬ。愚直を限なく行き届かせることだ。あるものならある限りに於いてわれらはあらゆる欠点をあるがままに曝さなければならぬ。あるものをないかの如く偽ることは許されない。偽つてよくある人よりは、偽らないでよくないことが遥かによくあることである。

かく思ふて、私はあらゆるものを、あらゆる場合、あらゆる人に曝らして恥ぢない。而してさうしないことを恥ぢる。

人間は本質的に虚偽を好むのではないかしらと思ひ当たるのは、われわれが自分自身だけの記憶に備へるためにのみ書いて、原則として他人に見せない筈の個人の日記にさへもともすれば嘘を書く。ほんとうのことをほんとうに如実にかくことは戦慄を感ずる位である。だが、われらは何が何んであらうと戦慄は愚か死に直ちに値しても正直でなくてはならない。それに即する表現は不断必死の緊張に充ちた戦である。鳥渡の油断にすぐ嘘が侵入するからである。

嘘は嘘として巧緻に吐けば一種の芸術を擬態する。しかし、私はどんな場合でも嘘の効用を取らない。

人間は生物共通の各種の生理的機能をもつ。動物的肉情が特に人間をも動かす。それだのに臆病にして上品な儀礼に泥《な》じむ有産階級はそれをしも口にのぼさない。尤もそれにふれなくていい即ち必然でない場合にも、それらの感覚を曝露せよとは何ぼわれらとても要求はしない。だが虚偽に慣らされた彼等はわれらが人生的に物を見てこれを取扱ふときでさへ卑しむかの如くである。だが、私にとつて現象として存在する限りには、それは儼乎《げんこ》たる事実でこそあれ、卑しむべき何ものでもない。

私は胸にひそむあらゆるものは投げ出す。私はそれを熱情的にと云つていい程の大胆さに於いて敢てしたい。私の一生のエラン・ヴイタルはそのために燃え尽くすことになつてもいいと思つてゐる。それは既成観念のつくり上げた既成倫理からは全く倫理的崩壊になるでもあらう。残忍であること悪鬼の如くであるかも知れない。だが人生への探険はそれがなくしては行はれないと思つてゐる。芸術は花瓶に挿されて卓上を飾る花のやうなものではない。水いろの空にほつかりかかつたルビイの光をした星の夢ではない。

　メレジユコフスキイがフロオベル論の中にかいた、あの冷酷な瞳を蛇にまかれて死んで行くラオコオンの苦悶の表徴に注ぎながら無感動に立つ彫刻家のやうな、そんな冷酷さも肯定しなければならないことがある。そんなことがあると云ふよりも、何時も左様であらねばならないのかも知れない。

　私は私にたいして常に曝露的である。さうだからと云つて私が私にたいして要求する何ものをもの曝露を他人の誰一人に向つても「さあさあ見て下さい」なぞとは云はない。自分が自分にたいしてすることは自分の問題でしかあり得ないのだから。だが、若しお目にとまつて饗蹙される紳士があるなら、私は云ふ「失礼します。ですがね、あなただつて誰だつて同じやうなものですぜ」とね。それが淑女である場合には一段の丁寧さであるかも知れないが「ご免下さい。無躾のやうです。ですけれど、あなたにもあることなんですよ」と云ふであらう。

　私のモダン・ガアル論、それは目附の悪るい世間からご丁寧にも余計な拡張解釈をして呉れた。そして銀座を、劇場の廊下を、不二家のやうな喫茶店を、ホテルのダンス場を、説明には及びません、それは意地悪るい目附で世間の人達が眼を西洋皿のやうにして探してくれてゐるんだから、さうしちや御意のままのカリカチユアをしてゐるのだから。さう云つた妙にハイカラなマダムと　そしてマドマゼル。それらのための喇叭《らっぱ》卒と私を見立てて、「あいつ、嫌な奴さ、グロテスクの顔をしてさ、頭の毛も少少薄くなつてゐる癖に、全く可笑しな奴！」と云はうが、もう少しこつぴどく（悪口はご随意である）云はうがそれもよろしい。

私には構はない、私は徐ろにそれらの人人に答へる。

「よし仮にこの私がさうだつたにしたところで、君達もそんなに云ふほど気にしてゐるならやつぱり関心してゐるのだよ。それだけ負戦《まけいくさ》」

寛大にして暢気《のんき》な私は今の程度のモダン・ガアルを煽てはしないが、時には多少のショックを感じもするが、「あいつ等にだつてどこかいい所もあらうさ。誰にだつてあるやうに。そして誰にだつてわるい所があるやうに、あいつ達にだつて」位に考へて大目に見る。それに物も見様さ。

モダン・ガアルが洒落て、気取つて、白鳥のやうな服をきたり、断髪をしたり、西洋風のお化粧をしたり、ステエヂ・ダンスのやうな腰付して歩くからつて、ブルジョア末期の生産とも云へやうが、カアメンスキイ作の「レエダ」のやうに一糸を纏はぬ真裸体で、黄金いろのスリッパをつつかけて来客に応接して「人間は肉体を布の袋につつんでそれを寝室に押し込めて禁ぜられた下等な好奇心の対象にして仕舞つたのです。私はあなたの汚はしい部屋の中の恋を消えやうとする洋燈の灯と同じやうに蔑《さげす》みますわ。型に箝つたあなたの気の小さい散文的な放蕩をね。」

と云つて臆病な有産階級を侮蔑してゐるやうなのなら、詰り既成観念の外殻で臆病にかためられた有産階級の倫理を揺り動かすことになる意味合で奇抜とも云へやしないか。

私の説は形式を属性にはしなかつたつもり。心持の上、志向の上の説明だつた筈だ。おぞましくもアナルシズムの思想に引つかけたりしてモダン・ガアルのうちから未来的な暗示をつないだのに。が、そんな弁解がましいことは今更云はないことにする。が、とにかく警告して下さつたお友達！　あなたの云つてくれたご好意を一応はうれしく受取ります。だが、かうも愚劣に筆にしてまで説明した通り、私はカリカチュアにされてるからと云つて、その誤解をとくと云つた風の意味で、急に納つて大学教授のやうな謹厳に俄仕込の宗旨がへをしたくないのです。誤解とも誤解でないとも云はないで、私は空気の動くやうに軽るく自然に流れて行けばいいだけのことである。

もともと外部的な一切を挙げて心のつなぎにならないものに取つて、誰にと云つて共感共鳴を求めないものにとつて、即ち囚はれや拘束をもちたくないものにとつて、その行き方に屈託はない。屈託はもたないけれど、自発的には自由であり得る。それがいいとも強ひて云はない。そんなに力んで肯定する程のことでもない。風が流れる場合に何も予めの宣言を要しはしない。風は何も人人の注意をそそるために大都会の舗石道を選んでは吹かない。誰もゐない寂しい平野と山の奥とにも鳴るのである。われわれの生活と芸術とは風のやうであつていい。広告ビラや大きな活字の広告を要しない。人目にふれなくてもいい。そんなことは全くどうでもいいことである。生活と芸術との糶売《ちょうばい》は社会活動の対象であるかのやうな場合だから、世評が何かしらの力をもつのであらう。さうして世評に適応するやうなトリックさへが人人を動かさうとするのだ。

現在の世間がわれらの生活と芸術と感情と意思とを理解しやうが、しなからうが何でもない。理解されない寂しさをもつてそれを哀訴するのは卑劣、永久の無理解に埋もれたとてそれでいい。と云ふは実体の真はそれ自身の動きだけに意味がある。それは生きることの意識と同じやうな自意識であるからである。

爽やかな海景

前文

私の故郷は阿波の撫養《むや》、そこで生まれたのだが十歳あまりまで撫養から一里半程離れた大幸《だいこう》と云ふ平野のなかの小さな村で育つた。撫養から徳島市まで三里、私は徳島にも五年住んだ。現在私の家のある大幸村と云ふのは、徳島と撫養との中程のところにある。で、私にしてみれば私の故郷はそれらの全体を引くるめた観念になる。それは阿波の北部のほんの一角であるが、同じ阿波でも私は南方、中央部、西部は殆ど知らない。だが、私の故郷には鳴門と云ふのがある。

兵庫で阿波行の汽船に乗ると阿波言葉は直ぐ聞ける。そこではもう故郷の匂ひが嗅げると云ふものだ。船が小松島港へ着いたとする、桟橋から半町足らずで停車場、そこから徳島市まで二十幾分と覚えてゐる。徳島駅の前から自動車で北に走る、三十分足らずで私の家のある大幸村、そこから二十分位で撫養である。以上を故郷の自然を叙する前文とする。そして私が久振りに故郷に帰つたと仮定し、この前文にかいたやうな工合にコースをとつたことにして故郷の自然をスケツチするであらう。

故郷の河

四国三郎の名をもつ吉野川の本流は徳島駅前で自動車に乗ると間もなく来るが、そこの河岸に北面して立つたときの眺望は私をして堪らなく懐かしめる。かなり広い河が河修工事で更に拡げられた。で、河幅は十町を越すであらう。吉野川の水は豊富で綺麗である。第一それがいい感じ、それから対岸の長堤を見渡したときのひろぐした感じも気持がいゝ。取分け、堤が緑の草で蔽はれた初夏の頃なぞは素敵にいゝ展望であると云へる。背景になつた北方の連山は低いけれども緩やかな波形で、葉巻のけむりのやうな薄紫の色合が河の水と紺の色、堤の緑と配合よく調和してとてもいゝ。土地の人々はその瞳が慣れ過ぎて何とも思はぬかも知らぬが、他国から帰つて来て吉野川の岸に立つたときには、私は実際故郷によく帰つて来たと云ふ気がする。吉野川は平野の中を緩やかに流れる。この河沿ひに藍を栽培した村々があつたのも成程とうなづけやう。支流が二つ、それも無論水は豊富だし、清らかだし五月頃には青蘆が岸に茂つて行々子が快活に饒舌にする。その青蘆の繁みに白帆が上半身だけを見せてゆるやかに滑つて行くのものどかである。

鳴門界隈

撫養と云ふ町は細長い帯のやうな一筋の区、また街道の両側に家が並び立つたやうな感じのする町（正確に云へば丁字形だが）で、町には何の奇もない。塩田を知らない旅人にとつて塩田が珍らしい位のものである。撫養の町が岡崎港(勿論撫養の一部だが)に近くなつたところに妙見山と云ふ東京の愛宕山よりは心持高い山がある。土地の人達も滅多に上らない。旅人は更に上らない。しかし、私は妙見山上の展望は素敵にいゝと思つてゐる。

空が晴れてゐると遠く東の方に紀州の翠微がほのかに見える。云つてみれば忘れな草の花の色ほどのほのかさで、淡路は海上三里と云ふのであるが、さうまでもない程ハツキリした絵画的色彩と輪廓とを以つて我々の瞳に快い印象を投げ込む。淡路島の右に沼島《ぬしま》と云ふのがある。それがまた海景に味をつけてゐる。妙見山上から南方を見ると徳島の旧城趾城山が市街の鼠いろの甍の中に島のやうに立つてゐるのが見える、平野を横ぎつて南に走る吉野川の白い線も見える、南方阿波の和田岬が海中に深く突出してゐるのが見える。西には阿波の平原と平原に位置する村落と、そして西方の山々が見える。さらに北はすぐ目の先きに近く淡路と対して鳴門海峡を挟んでゐる土佐泊と云ふ島が見える。こんなに四方八方のそしてどれもがそれぞれにいゝ展望になつてゐる景色を支配してゐる所なんか全く珍らしい。

岡崎港の汽船の着き場は白砂の渚、その渚が所謂青松白砂の景色を示し鈍い湾曲をして海を抱いてゐる。土地ではその辺を大磯《おいそ》と云ふ。夏は海水浴場でもあるが、海水浴場としては水と砂とが綺麗なのはいゝが渚から一間位の所を汽船が通る位だから断じて遠浅ではない。それに水の流れが極めて早くて強勢であるから初心者には適しないが泳げるものには張合があらう。

砂の綺麗さには全く親しみを感じうる。僕の知つてゐる限りに於いては東京附近の海岸には一寸ない。瀬戸内海に沿うた海岸の砂は花崗石だからピカ〳〵して見かけは更に綺麗だが、砂としては荒過ぎる。裸体で寝転んではラツフな感じを肌にうける。所がわが故郷大磯の砂は処女の皮膚の如く滑かで柔か味がある。天鵞絨のソフアーに横たはつてゐる感じがある。

大鳴門小鳴門

そこを船で渡つて土佐泊の島を北の端まで行くと阿波の鳴門である。そして鳴門だけは兎にも角にも有名である。

云ふまでもなく、太平洋の方の水が退潮する、そして瀬戸内海の方の水がそれを追はんとするが何しろ狭まつた海峡であるから瀬戸内海の水も思ふに任せぬ。そこで自然海水に高低が生ずる。そして鳴門の潮流が出来渦が捲く。青い海の真ん中を白く泡立てゝ奔流するカアレントが出来る訳である。それ故に空気も動いて、風に颯爽たる調子があるのであらう。海は轟々と鳴つてゐる。潮の干潮する時でなくとも、即ち内と外との潮の高さが完全に平均してゐるときでも、海は鳴りひゞいてゐる。

生動の感じである。眺めが壮観であると云ふ以上に受ける感じが爽壮とするのである。何処からともなく絶えずひゞきとゞろく壮快な海潮音のリズムによつて、小気味よく身が引締まるのである。海潮音に相応じて海岸の松も壮快に鳴つてゐる。若布なぞも絶えず揺れて居る。海の中の巌に生えてゐるが故に、その皮膚には海水中の沈殿物が溜らない。波の静かな湾内でとれる若布は机に塵埃の溜まるやうに附着するからまづいのだ。煮るとベタ〳〵する。

鳴門の若布の肌は綺麗だ。磨きのかゝつた江戸女の顔のやうに。鯛は鼻が曲つてゐる。激流を逆つて泳ぐので何度となくその鼻を岩にぶつつけるからだと云ふ。譬えてみれば威勢のいい魚河岸の兄哥のやうに勇み肌なんだ。

肉が引締まつてゐるからうまい訳だが、その若布、その鯛なぞに及ぼすやうな、物を引締める感じを阿波の鳴門の眺望はそれを眺めるべく行く誰人にも与へるやうである。春は海水の干満の差が激しいので、渦巻を見るにはいゝが、私だけの好みからは晩秋か、さびしい冬がいゝ、孤往独歩の曲げがたい気概をもつ人間には。だが、これは少くとも主観的な好みに偏する。

以上は大鳴門。それにたいして小鳴門と云ふのがある。土佐泊（或は鳴門村）と云ふ一つの島が淡路とつくる海峡が大鳴門であるに反し、阿波の本土のそれとその島とがなすところの水峡が小鳴門である。この小鳴門から前叙した岡崎港までの間三里余、海ではあるが、陸と陸とで狭く挟まれて広くて七八町、せまいところでは二三町の距離しかないので一見河に類する海である。そしてその川の如き海の中にも鍋島とか何とかと云つた小さな島がいくつかある。汽船は小鳴門から這入つて岡崎港まで行く間は西岸に山をもち、村をもち、水は海のことなれば元より豊富で色は紺碧、汽船の甲板に立つて両岸の景色を眺めながら進むことは実にいゝのであるが、惜しむらくは土地か辺陬の四国故、人あまりそれに就いてはいはない。

けれども私は異色ある風光だと考へてゐる。私は故郷のそこの特殊な自然のために考へてやる。「これが東京の近くならなあ」と。

性格破産者の感想

僕は郷党の学生諸君に云ふべき何物をも持たぬ。と云ふのは諸君は僕なぞより物事をモデレートリーに見ることも出来ると思ふから。で強いて云ふべき何かゞあるとすれば諸君は僕みたいな出鱈目な男にならないやうにと云ふ丈である。僕の哲学によれば成功とか失敗とか栄達とか零落とか云ふ観念はないからいゝやうなものゝ、若し仮りにそんな観念があるとすれば僕なぞは失敗と零落との好典型であるにちがひない。

それを露骨に云ふ。学校を出て十年にもなるのに食へないやうな僕は第一どうかしてゐる。云はゞ甲斐性がないんだね。別言すれば無能の至す所さ。若い諸君はまづ僕のみつともなさから遠ざかり給へ。

次ぎにだね。随分考へてみたが、一寸僕などを傭つてくれる所なんてあり相にないと云ふことだ。だとすればどうして一体食つて行つていゝか全く問題さ、そんな事になるのは帰する所僕自身の不心得の所為かも知れんが、それ等でも若い諸君のいゝ見せしめかも分らない。

藤田劒峰先生の借家に僕の知人にプロレ文士がゐてそれが伝へたことだ。先生が果してさう云はれたかどうか疑問だが「新居もだん〳〵世間をすねて云々」と云はれたよとの事、僕豈に世をすねんやである。第一そんなに物好きではないのだが何時となくさう見られる。即ちひがんでもゐるやうに見られるやうになつたのかなあと思つたのであつた。自分はすねてもひがんでもゐない。だが誰かに左様にいくらかでも見られるやうになつてゐるものとすればそも〳〵自分の不徳の致す所であるにちがひない。

春の朧夜に夢の飛行船にでも乗つたやうにふわ〳〵浮んで来た罰さ。誰を恨む訳にも行かないし又そんな事を考へるほど神経は鋭敏でない。が思ひ出したやうに反省すると一体何のために大学なんかへ這入ったのか、何の積りで法科政治科に学んだのか薩張り分らない。正直に云ふと高等学校なんかを経て大学なんかに来る暇があれば外国語学校へでも行つて、ロシア語三年フランス語三年やつてゐた方がよかつたのではないかと思ふ事ほど左様に僕の卒業後の生活はそれて行つて仕舞つたのであるが、僕の性格から云へば本来今あるが如くあるより仕方がないのであるかも知れない。一言で云へば、ルンペン、インテリゲンツイアで、バガボンドで独逸語で云ふタウゲニッヒであります。

新聞記者に三度なつて三度とも追ひ出された、その間ダラシなさの修業をした以外一体何になつたのだ。そしてその揚句の果が完全無欠なる無用の長物である。だが無用の長物もあつけらかんとして食つて行ければであるが。いくらやくざ者でもおまんまを食はなければ生きて行けない。そこで無用の長物は無用な陰鬱に陥らざるを得ない。

実は学士会も最近脱退した。どうも学士とか学士令とか云ふ意識がだんだん肌合に合はなくなつて来たのですなあ。学士なる称号も（勿論平生は忘れてゐるからいゝやうなものゝ）思ひ出すと一寸気がさす、これまた、でなければよいのになあと云ふ考へが浮ぶのである。

こんな異端説を吐いて好学にしてその学を習ひ業を治め以てその知能を啓発されんとしつゝある若い諸君をまどはす積りでは毫もない。又まどはす積りでもそんなトリツクにかゝる諸君でもない事は結構でのぞましい。

今や何ものも僕の心をつながないほどデスペレートになつた僕にどうして理想が説けやう。だが、僕は若い諸君が僕の如く運命をこんがらかさないやうになさるのですね。とたゞ一言云つて置く。

モダンガールの心臓

現象だけを、即ち形だけを見て物事を論ずれば精神を兎もすればミッスする。まして見る人の瞳が濁つてゐるなり、眼附が悪いなりすると形はさらに歪曲される。

今この国のモダン・ガアルは、一方においてさうした瞳によつて著るしく歪んだ形に見られてゐる。それと共に、他面においてモダン・ガアルであることに値しないものの存在が、われ〳〵の云ふモダン・ガアルの存在を濁しつつある。

具体的にいへば、世間は、銀座の舗石道や、丸ビル界隈や、郊外の所謂文化住宅に見受ける洋装し、断髪し洋風の化粧を施し精精踵の高い靴でも穿いて、気取つて歩く若き女性さへみれば、すぐモダン・ガアルと指称する。若い女性についていへば、上述したやうな格好さへすればモダン・ガアル視されることになる。私は思ふ。モダン・ガアルがそんなにも簡単なものなら、金さへあればすぐにも出来上がるではないか。何処かの婦人洋服店で精精流行の魁である柄と、色合形との洋服をつくり、どこかの帽子屋で帽子をもとめ、どこかの靴屋で踵の高い靴を求め、装身具持物万端よろしくあつて美容院のお厄介にもなれば完全に一個のモダン・ガアルが出来上るわけではないか。

　だが、モダン・ガアルとは飴細工のやうにそんなに手軽に出来上るものだらうか、私は明らかに「否《ノー》」といひたい。何故なら、私の考へるモダン・ガアルは、形態の上に与へられた意義ではないからである。それは心持、気分、考へ方乃至動き方のうちに見出される意味合だからである。であるから私はいひたいのである。形式の如きはそも〳〵末の末であることを。

　明らかにそれが、モダン・ガアルは私の創始にはかからない。さうした事をいひ出したのは北澤秀一君だ。彼が雑誌「女性」誌上で英国のモダン・ガアルを紹介した。彼の文中日本にはかうしたものがあるかないか知らないが、といつたのを見て、私は日本にもそれがあることを指摘すると共に、私は私自身で編上げたモダン・ガアル観を「婦人公論」や「太陽」に書いた訳である。

　私の所見は私だけの所見である。それが今世間で一種の問題として取扱はれつつあるモダン・ガアル観のそれとどんなに違つたものかどうかを私は知らない。が、私の考へ方によるモダン・ガアルは未来社会の当為を約束しうるものだと思つてゐる。

　世間の非難者の多くは、形に即き過ぎて直にブルジヨア的のものだといふ。私は形に重きを置かない。

また同じモダン・ガアルに好意をもつ者の間にでも考へ方は大いに違ふ。

私はモダン・ガアルの根本的特質はその自由性にあると思ふ。その自由性はむつかしくいへば、スチルネルの自我人的な自由だとするのが最も適切であらう。しかも、彼女等の自由は太陽の動きにつれて廻る向日葵の如く、水の低きにつくところの自由さであつて、意図的ではない。私は現代がもつもう一つの種類の新女性を知つてゐる。彼女等は理論する。かくあることが不合理であることを理解し、かくあるべきことと知識的乃至社会科学的に意識する。彼女等も既成観念にたいする反逆児ではあるが、その反逆は智性から生れて、意思的に打突からうとするのである。だが、モダン・ガアルのそれは自由に流動して行くことで自づから既成観念に反逆するのである。であるから前者に比較すると、後者はより多く情感的であらう。モダン・ガアルは何よりも自由を傾向とする。だから、一切の拘束を蛇蝎の如く忌み嫌ふのである。

既成観念に囚はれた人人は、あらゆる点においてそれが意識的であらうとなからうと、拘束のうちに住む。自由性を力点とするモダン・ガアルはそれに堪へないであらう。で、何も既成観念に楯突かうといふのでなくても、自由な動向から自から楯突いてゐることになるのであらう。

モダン・ガアル彼女等は強ひて意識して自由性をもつのではない。で『わたしはほんとに何でもから、あらゆるものから解放されてるのだわ』は強く意識して始めて解放されてゐるやうなのでは駄目だ。シユニツツレルの書いたマルコリーナ（カザノーフア作中の一女性）はいふのである。『自由なんてものは誓ひなんぞしなくたつて保てるでせう。誓ひなんぞしない方がよく保てるわ。だつて誓ひは無理強ひですもの』と。さうだ誓ひは強ゆることだ。誓ふるは誓ふ所の対象があり、誓ひがそれはだれに対しても、自分自身にたいしてさへが強制であり拘束であるからだ。だから私はいひたい。『わたしはあらゆるものから解放されてるのだ』と力瘤を言葉に入れてわざわざ声明してあるくのでなければ解放されてることにならぬのなら心細い。実をいへばそれは囚はれてゐる。私は囚はれてゐるといふことの反面的な告白にすぎないのではないか。今の世間にざらにある新しい若い女性といふ女性に対して好意が寄せられないのは彼女等が押し並べてさうだからである。まして洋装だけしてゐるだけの故を以つて冗談ぢやないそんなモダン・ガアルがあつて堪まつたものではないことを。

自由性があるから、彼女等は余計な含羞と無用の遠慮をしないだけである。そしていひたいことを表現し、表情したいことの何でもをハツキリと出す。それはむしろ快いさわやかさといつてもよからう。だが、それは直にお転婆なり、蓮つ葉であるのではない。何故なら聡明と機智との伴ふ場合、どんなに自由であり得てもそこに一種のリズムがあるであらうから。

彼女等の表現にも、近代科学の冴えもあらう。科学的にと思はないまでも科学的な分析が加はつてもゐるだらう。そこに好ましい明晰がある。それも一つの特質だともいへる。

わたしはモダン・ガアル第一の特質として自由性を挙げた。しかしそれは単なる自由性ではなくて聡明さと機智とが伴ふところの自由性でなければならぬ。それなんだ。わたしがいはゆる現代のモダン・ガアルの真偽を評定しようとする照準は。そしてさらにそんなのがどれ丈あるかないかを敢て問うてみたい。

モダン・ガアルそれは現代女性、従つて現代のもつ感覚、色調、匂ひ、生活の様式等を雰囲気としてそこに快活に踊る女性達だと見るものもある。モダン・ガアルの語義からいへば、さう解釈するのが至当かも知れないが、わたしは現代から延長していい当為に結びつけることに前にもいつたやうに考への基点を置く。だが、現代雰囲気とし時代が特有するいろ〳〵のものをその尖端にゐて鋭角的に感受する一面は肯定しない訳にゆかない。現在の日本は明らかに欧米化の日本である。といふよりも欧米的生活様式乃至生活感情を内見せる日本である。かつての時代は模倣といへたかも知れないものでも、今では模倣ではない。生活の自体になつてゐる。若い時代の人人の持つ西洋音楽の味解、映画から来る生活の姿態、ダンスにしろその他のものにしろ、われらに取つては若干の距離を置いて客体視しうるものが、現代の若い男性とそして女性に取つては生活のうちに主体化された感じがある。洋装についても同様の関係であらう。幼稚舎時代から小学校女学校と洋装に慣らされて来た今の若い女性が、洋装がしつくりと板につくばかりでなく、むしろそれによつて生活感情がより密邇に表現されるやうな気がしても、それは当然であらう。その一事は他の万事である。彼女等の生活動向は少し前の時代のそれとは実に著るしく違つてゐる。その違ひが時によると嫌悪される。モダン・ガアルが兎角に非難されるのは世間の瞳に映る見慣れない新奇な角度であらう。だが、マルセル・シユオブの書いた「モネルの言葉」のうちの言葉に『新しい善は何時の時代にあつても悪に飽和してゐるやうに見えるものだ』といふのがある。

その言葉から延き用ひていふ。古い善の観点に立つて、新しい時代の飽和してゐる様に見える悪のみを、わざ〳〵抜き出して非難するのは目附の悪い保守家の態度だ。さうした保守家は取分けこの国には多過ぎる。わたしの見方にすれば、モダン・ガアルがほんとうのものであるかぎりにおいてそれは善悪の彼岸に立つべき筈だ。いいからやるの、わるいから止すのといふ既成観念に基づく理性によつて処理按配して、そして右し左するのではない。いいかわるいかは知らない、いいかわるいかは決めた人が勝手にきめていいことなのだ。そんな拘束からではなく、自由性が導くままに前進する。情感のドン・キホーテ！　創造的進化、たゞ直覚と直観とがその行動と共にあるだけである。その直覚それに聡明の冴えが伴ひ、直覚それに機智が共動する。だから銀いろの暁に吹く風のやうに、さわやかに鳴れるのだ。しかも善悪の規範をなすものそれ自体が、既成観念なのではないのか。そんなものなんかとう〳〵の昔に蹴飛ばしてゐるはずではないか。

彼女等の表現が自由とともにハツキリしその行動に躊躇がない。それは日常生活においてもさう、街上においてもさう、さうして女性の競技的侵入においてもさうである。表現のあらゆる方面に、それは言語に、文字に、肉体的表現に、そしてそれらの表情はあらゆるものにけざやかである。瞳に四肢に、顔に、踵に、歩るきまはりに。水馬が川面をスイ〳〵と動くやうに彼女等は新時代の朝の感覚を胚んで動いていく。欧風のお化粧もしやう、断髪もしやう、ダンスも好みであるかも知れないし、映画も音楽もそれ許りでないお酒だつて飲まう、莨の匂ひも愛しやう。だが、さうであるから、モダン・ガアルであるといふよりも、自由性が何の躊躇もなしに何でもをさせるのだ。

それに彼女等は聡明であるだけに敏感であり、水を吸ふ海綿のやうに時代のもつあらゆる感触を見遁しさうもないから、生活の複雑な陰影と立体的な豊富さを伸び切つて生きようとするものは、求めたがるであらう。で、矢張り、ドン・キホーテだ。

イブセンの「人形の家」の女主人公が人形としての取扱ひを蹴飛ばして、人間としての地位を求めようとして飛び出したからといつてそんなものは何んでもない。あんなのはモダン・ガアルのむしろ不思議とする力味かたであるとしやう。モダン・ガアルは既成観念にたいする反逆を軽軽とやつてのける。莨のけむりを軽く吹くやうに。ほほ笑みながら無雑作にやつてのける。既成観念の重い外殻をかぶつてゐるものなら、汗と血と苦闘で苦しんでゐるものを、彼女等は坦路に快走する自動車の如く何の苦もなくやつてのけて——やつてのけたといふ意識さへ持たずに——居るであらう。

両性問題についてもさうだ。彼女等はわざとらしく性の解放や恋愛至上なんて低級な婦人雑誌の問題にするやうなことをいはない。そんな理窟なんぞを、むしろ軽蔑するにきまつてゐる。自由人である彼女等に何の主張が要らう。彼女等にとつては性の解放論なんて、古い国からひゞく力弱い鐘の声にも値しない。まして自由性こそ至上であつても恋愛至上なぞといふ子供だましのお菓子の広告のやうな文字をあざ笑ふであらう。そしてむしろ皮肉な顔をして『恋愛が心の病になるやうぢや駄目だわ』といふかも知れない。そして恋愛にさへもその心が拘束されることを嫌がるのである。

自由そのものに執しても、それ以外に執しない所にモダン・ガアルがあるんぢやないか。さうなつて来ると、今の世間で多少新しいの、変つていいの、ハイカラだの、といはれる悉くの女のお目出度さが苦笑される。そんな女達こそ一時の気紛れの我儘にすぎないのさ。デ・フリの所謂彷徨異変で、一寸はホンの表皮だけは変つてゐるやうで、その実ちつとも変つてゐない古さなのである。そんなのは全く眉唾もの、そしてそんなのがモダン・ガアルだなんていふ世間も世間だが、いはれていい気になれる似而非モダン・ガアルもガアルである。

その世間――目附のわるい世間は、その世間は、モダン・ガアルに貞操観念が稀薄だといひたがる。極めて自由でありたがる彼女等が、さう思はれ勝な数多くのシインを世間に見せるにしても、それを鬼の首でも取つたやうに、モダン・ガアルの属性ででもあるかの如く思ふのは間違つてゐる。思ふものなら思ふでそれはその人達のお随意とする。だが、さういふ世間、表面だけはお体裁をつくつて蔭なら何でもまたどんな醜悪でもを敢てする世間の男女がどんなに貞操観念が稀薄でないのかと反問が出来やせんか。

それに今の世間の倫理観――それは成功主義のあらゆる意味で物ほし気な、いやしいものだが――に比すると、生活の自由性につくだけで、無価値の哲学者で刹那の転瞬に意思も情感も生活そのものをもこめた一丸となつて前へ前へと飛んで行く飛躍者であるほんとうのモダン・ガアルの方がどんなに人間的であることか。

私は略述ではあらうが、以上の説明で私の概念するモダン・ガアルのシルエットだけは描いたつもりである。

だが、前にもいつた通り中心気分からではなく似而非の形から来るショックから、モダン・ガアルは嫌な奴と直に見る感じ方から議論する議論には、私の所見は何の交渉もない。モダン・ガアルがブルジョア末期の出現とする見方には多少の拠り処があるやうだけれど、それも前同様のショックを前提として成り立つ見方で、これまた本質論にふれてはゐない。今の世間にある崩壊現象が、ブルジョアの圏内に、またさうした圏内の扮装をとつて或る時期には表はれるかも知れなくても、それはモダン・ガアルの当為的な考察をあまりに無視した考へ方である。モダン・ガアルがブルジョア的だと見るのは、アナキストがブルジョア的だと見ると同じ意味で、かなりの誤謬を含んでゐると見られる。

それから最後にモダン・ガアルは現代的に発生した女性、例へばカフエーの女給、ショップ・ガアルその他いろ〳〵の女事務員活動女優等を包括してその人達につきすぎる考へ方もないではないが、そんなことから引出されるべき議論だけでは足りない、そんなのはホンの或る時期を限つた範囲内の考察で、モダン・ガアルの特質が最もどこに重点がおかれてゐるかにつかない議論だと思ふのである。

大地震の思ひ出

九月一日の朝、神戸から帰京。自宅で夜汽車の疲れを休めたあとで銀座裏の新聞社に出勤した。十一時過ぎ正午近くだつたやうに思ふ。十日程の留守中に溜つてゐた書信を一纒めにし上着を脱ぎ、書信を読み初めた頃だつた。メキ〳〵と揺り出したのである。

私は最初は「なあに、東京の地震だから」と高を括つて執務の机を離れようとはしなかつたがどうも揺り工合が不断のそれとは大分違ふやうに思はれて来た。ふと前面を窓越しに見ると向ふ側の屋根瓦は夥しく落ち棟の中央から折れたやうに窪んでゐるのに気付いた。

で、いよ〳〵平常の地震とは訳が違ふと思ふと、見初めてゐた書信を一纒めにして鞄に入れ上着を着た。ます〳〵激しく揺れ出した。所で、私たちの働いてゐる部屋は三階である上に、増築準備のために不断からつつかい棒（と云つても大きな四角の柱だが）を部屋の中ではあつたが斜にして支えてあつた。その事が激しく揺れるにつれて不安な心持を私に与へたのである。

しかし、私はアクシデントがどんなに不意に人間を襲うて、不幸な結果を齎らすかに就て十日間計り十分に考へさせられてゐた時である。と云ふのは大地震の日の十日前に、妹の夫であるT工学士が仮屋沖の試運転で潜水艦と一緒に海底に沈没したので、私は神戸に行つたからである。

T氏は親切で篤学の人だつた。暇さえあれば高等数学と哲学との研究に耽つてゐた。人々からも敬愛され、神戸の静かな山の手の町で子供はなかつたが、幸福と平和のうちに暮らしてゐた。私は与謝野晶子さんから書いて貰つた数葉の短冊のなかで「たゞ二つ寄り添ひて咲くことのほかものを思はず紅《くれない》の薔薇」と云ふのを特に妹夫妻に贈つたものだ。

が、アクシデントは突風のやうに、暖い幸福の窓の灯を吹き消して仕舞つた。神戸に滞在中、妹の傷心を慰め沈没潜水艦の引揚作業に儚ない一縷の望みと奇蹟的生存とを祈つてもゐた。が、それと共にアクシデントから来る人間の不幸な運命に就て考へさせられた。

さうした生活の神戸から帰京したのが九月一日の朝。而して「人間は何時何でやられるか分つたものぢやない」と思ひながら出勤したその日だけに、大地震の突発が妙に気にもなつたが、アクシデントのことを考へ続けて来た折とて一種の覚悟に似た気持もあつた。詰り、驚きの気持がそのために尠くなかつたのだと云へやう。でも避難はしようと思つた。而して直ぐ近くの日比谷公園を考へ付いた。

所がいよ〱三階を脱出しようとするとまた揺れ方がひどくなつて来たので出口の柱に捉まつて動揺の小止みになるのを待つたが、その時飛び出した方がいゝのか、飛び出しては却つて悪いのかに就て多少当惑した。動揺のいくらか落ち付くのを見て飛び出すことを選択したが、手にした蝙蝠傘は暫くすると帰社する積りだつたから再び部屋に置きに這入つた。

三階の降り口には写真部用の硫酸の瓶がひつくり返つてゐて硫酸が流したやうに一面にこぼれてゐた。私はそれを硫酸とは知らずに平気で踏んで出たが白い夏服のズボンは硫酸のトバツ散りで大分燬《や》いてゐた。トバツ散りは上着の胴の下の方にもかゝつてゐた。知らぬこととは云へ平気で通つた。幸に何も怪我もなしに。而して「君あぶないよ。硫酸だから」と誰かゞ背後から注意して呉れた時には、もう硫酸の流れてない地点に立つてゐた。

それから社の裏口に出た。しばらくそこで社の人々と話した後で、山下橋の橋袂に来た。そこでも折から出逢つた友人と立話しをしながら時間を過した。脚下には相当に大きな亀裂があり、どこだか分らなかつたが丸の内方面には濛々たる黒煙と焔とを天空に吐いてゐた。

日比谷公園へ来たとき、こゝに居れば大丈夫だと思へたので折から来かゝつた河野少将と地震の事を話合つたが松本楼が熾に燃えてゐたので多少暑かつた。

水島爾保布、幡恒春の二君に逢つた。鳥居素川氏もそこで見掛けた。何でも素川氏の上京を機会として長谷川如是閑氏や水島君達が素川氏を囲み帝国ホテルで午餐の卓に就き、ナイフとフオークを手にしようとした瞬間揺れ出して来たのだと云ふことである。そこでもしばらくベンチに凭れて休んでゐたが、水島君が「何時までかうしてゐても仕方がないから危険を冒して帰らうではないか」と云ひ出したまゝ、私も水島、幡の二君と一緒に歩き出した。日比谷公園から宮城前の広場、それからなるたけ広い道を安全さうに思はれる注意を以つて歩いた。その時には大きな建物がそこにもここにも燃え出してゐた。

我々三人は何より先きに中央気象台の報告を見るべく進んだ。気象台の報告には震源地と今夜は大してゆれないであらう。もう大丈夫だと云つた風の観測だつたので大いに安心したが、私の家は極めて古い上に、平常から大分傾いてゐるので、屹度倒壊してゐるに違ひないと信じ切つた。常平生《つねひごろ》から、地震の場合に危険だから早く引越さうと始終思つてゐた位だつたのだ。

で、二君と一つ橋で別れてから私は九段を目指した。九段の上に立つて振り返つてみるとすぐ下の神田は炎々として燃えてゐた。而して黒い煙は悪魔の乱舞のやうに渦巻いてゐた。私は牛込見附に道を執らうとしたが、富士見町は燃えてゐて通れないと聞いたし、新見附の橋は崩落したとも云つてるし、市ヶ谷見附の方もどこかの学校が火事だと行人があわたゞしく喋つてゐたのを耳にした。

兎に角、外濠の土手の所まで来ると、そこには与謝野寛氏の一家族が避難してゐた。私は与謝野氏夫妻に逃げて来た道々のことを話した。寛氏は「平家物語に書いてあるやうな有様ですねえ」（筆者云ふ、太平記と云はれたのか平家物語と云はれたのかまた双方共を挙げられたのか失念したが、平家物語巻十二に大地震の文章あることを記憶してゐるので右の如く書いた。間違つてゐたら与謝野氏にお詫びする）と云はれた。与謝野氏は近くに火事があるのでその延焼を気づかつてゐた様子だつた。

牛込見附も私が出まかせに歩いたやうに、迂折して来ると通れることが分つたので、そこを過ぎ、精々広い道をと神楽坂を避けて外濠に沿ひ新見附から北町、矢来と云ふ風に道を取つたが、家に近づくにつれて家屋の倒壊家族の圧死などその不吉な感覚が動いてならなかつた。所が矢来に這入ると案外、静かで家の破損の少なさうなので意外に思つた。それでも私は極端に古い家だけに安心が出来ず、家がいよ〳〵目の前に展開されうる地点に来着した瞬間、云ふに云はれぬ不安な衝動を受けたが、意想外なことには家が倒れてない計りか瓦一枚落ちてもゐなかつたので却つて驚かされた。

家族は家裏の空地——可成ひろく、雑草や小さな竹のはえてゐる絶好の避難地——

に避難して近隣の人達と共にゐた。加能作次郎君とその家族達も同じ場所に来てゐた。

私は家族と而して家の無事なのを見て、再び銀座裏の社に引返さうと決心した。しかし前夜の夜汽車で少しも眠れずにゐたのと、肥満のために人一倍足弱である私は疲れて仕舞つて、引返す熱意は強かつたがどうすることも出来なかつた。それに社が焼けやうなぞとは夢にも思つてゐなかつたのである。

その夜、人々は空地で露営した。私も洋服のまゝ星を仰いで草叢に身を横たへた。いつかよんだ Gypsy's Trail と云ふ本のなかに、ジプシイが野原に寝て、星を鏤めた天上の美くしさを讃えたことを書いてあつたと思ひ出しもしたが、夜露に濡れた草の葉が冷たく頰を撫でたり、草の葉をさら〳〵音して流れる風は安眠を与へてくれはしなかつた。それ計りなら或は眠れもしやう、ジプシイの空想も出来やう。大地は時の間隔を置いて揺らぐ。夜の空を赤く燬いた物凄さうな火事は我々の心を威嚇する。砲兵工廠だと人々の噂してゐた爆発は夜を通じて驚愕と恐怖とを投げつけるのだ。

人々の顔にはみんな不安な表情があり子供たちは絶えずおびえてゐたやうだつた。

正月

身分もなければ社会的地位もない云はば世間に何のかゝわりもない読書生の身分ではあるが、それでも朝起きて楊子を口に啣えながら今日は元日だなとは思ふ、今年は何か仕事をしやうと思ひながら卓上暦を買つて来たり、当用日記を買つて来たりしても大抵の年が略同じ按配に過ぎるのが常であつたので、そうした特別の覚悟を持つことはなくなつて仕舞つた。お正月に力んだとてその年が格段に自分ながら較著だと思ふ仕事も出来て満足するいゝ生活記録は作れるものではないと知つて来た。

今ではたゞ今日が元日だなと云ふ意識が今日は日曜だなと思ふ程度にしかなくなつた。

お正月にお正月らしい気持を特に持てなくなつたのである。で、わたくしの元日はこの二三年来いつもこうして送るのが常である。

わたくしは隣近所まで年始状を送つて回礼なぞの面倒なことは御免を被ることにし

てゐる。そして静かにむしろ佗しいほど静かな正月を送ることを望んで居る。若し経済でも許すなら何処か閑静な田舎かそれとも淋しい海岸へでも行つて静かに本でも読んで正月の幾日かを送りたいと思ふ。それが出来なきやお雑煮でもたべた後は机に凭れて本でもよみつゝ一日を送りたい。

初摺の雑誌でもゆつくり読んで不断は塵労のために読めずに居る友人達の書くものを味はひ大に啓蒙の糧としたい、読んで疲れたときには紅茶でも淹れて一服したい。山高帽を被つてフロツクコートや紋付の羽織袴を着込んで回礼をするなぞはとても堪えられない、正月早々そうしたビジネスライクな煩瑣はやりたくない、お屠蘇に酔つてそれはお目出度いいゝことかも知れぬが、ぶらぶらと街頭を歩くのは嫌やなことだ。

自分はただゆつくりした時間を持ちたいと思ふ計りだ、退屈でもすれば独りこつそりと市村座か明治座の初春狂言それも鏡獅子のやうな所作事の一幕見にも出懸けたい。正月の夕暮から夜にかけては却つて寂しいものだともよく思ふことがある。門松の笹葉をカサコソと冷たい夕風が吹く時なぞ殊にそうである。

貧しいものに取つて何が正月だなぞと考へるときもある。正月はブルジョアのみに正月らしい享楽が出来る計りぢやないかとも思ふ。元より無産者だつて休みにはなるけれど、郵便屋は年賀状配達のために不断の幾十倍も働かなければならぬし、電車の車掌はお屠蘇の酔つぱらいなどにかなり多くに手古摺される。それでも楽しい正月かと云ひたくなる。年の暮になると銀座や日本橋の大通りの店々なぞ取分け飾窓に意匠を凝らしてクリスマス・デコレーションをしたり、歳暮の売出しをするので明るい通りが更に明るくなる。けれどそれが購買力なき無産者に取つて何になる。正月らしい正月の用意をなしうるものに取つてのみ何かの意味がある計りぢやないか。

正月は田舎に行くのがいい。そして枯野を見たり、寒相な感じを与える冬木立を眺めたり、竹藪に佗しげに鳴る風の音に耳を傾たりすることが、わたしがしたい正月での望みである。

取分けそれが曇つた空、雪催のやうな空、日の光の弱い空、そうして冷たい風の走る日ならば殊に好きだ。

それでなきや専ら家居して火桶を擁し茶でも淹れて雑誌を読んだり空想でもしながら日を送りたい。そして窓を通して遊んでゐる雀のこと、雀の生活でも考へたい。今の正月気分の事を忘れて昔の正月——それは本当に正月らしかつたと思はれることでも思ひ返したい。

本でよんだ鳥追の話なぞ面白いと思ふ、引籠もつて長唄や常盤津なぞにある正月を唄つた文句を読んでも回礼に馳ずり廻るより正月らしい。うた沢にある「梅にも春の色添えて若水汲か車井の音もせわしき鳥追や」なぞを口吟さんでゐた方が正月気分がよく出る。

正月だなんて何でもないものさ。年と共に益々何でもないものになつて仕舞ふ。結句クリスマスやお正月はお伽話をよむ時代の楽みに過ぎない。

一年の計は元旦にありなんて云ふが元旦に立てた計画が毎年どんな結果を各の年の記録に見るかを考へたら余計な計画の莫迦〻〻しさが分るであらう。正月が生れ代つたやうに思はせるのは自己欺瞞の心理に過ぎないと思はれる。

春の淡彩

小説は構想をするものだから多少ごまかせるが、随筆となると端的に思想感情を吐露するから知らずしらずに本音が出る。小説でもいふところの心境小説には作者の心境が泌み出るが、それとても随筆の方がさらにまざまざと心境を見せる。で、人その人の心境を知らんと欲すれば随筆につくのが一番手つ取り早い。

私は元来陽気な性質で、書くものもどちらかといへば若々しい方だつた。時には、あまりにも若々し過ぎてそれが軽佻浮薄にさへなるといはれたが、最近になつてはひどく萎びて光沢さへなくなつたといはれるにいたつた。元はどんなに内輪に控へ目に筆をとつても筆の匂ひと色彩とは蔽ひかくすことが出来なかつたものだが、近ごろはどんなに派手に筆をとつてもどこかに寂しさが漂うてゐる。よくいへば落付いたのだが、悪くいへば衰へたんだねと友人が批評する。が、実をいふと、私は文学者としてこれまで何一つ仕事をしてゐないのだ。で、これからボツボツはじめようとさへ思つてゐるのに、衰へたんだね、などゝ批評されるのでは困つたものだ。

考へてみると、明けて四十六歳になる。なんとしても相当の年配だといはなければならぬ、だがわたしはそんなことは別に考へない。たゞ、多少とも肉体の衰へは否定し難い。この場合とても衰へたなぞといふのはいやだから、少々青年的でないところが出て来たといつてゐる。それをやゝ具体的にいふと、激しい運動が出来ない、少くとも、避けたがるのでもわかる、中年者の健康法には何がいゝか。そんなことを考へ出した。

散歩？ 散歩はたしかにいゝ。毎日時を決めてしなければならぬと思つてゐる。そして実はしてもゐる。近くにドイツ人が住んでゐる。その人はヒンデンブルグ元帥のやうな顔をした体格のとてもいゝ人である。その癖にうんと小さい犬をつれて散歩してゐる。

毎日のやうに私の家の窓下を通つて散歩してゐる。あんな風に散歩をしなければならぬとその都度わたしは思ふのだがわたしは散歩に出ると、間もなく喫茶店に入り込む癖がある。喫茶店でおしやべりをして時を消すことが少くない。それは明らかに喫茶店へ行くのであつて、散歩したことにはならない。それだのに、自分だけでは散歩したつもりでゐた。散歩したつもりと、ほんとうに散歩することは明白に違ふのである。散歩をほんとうに散歩しなければならない。だが、わたしたちに散歩以外に運動法はないか、もつと積極的に、と考へました。そこで思ひついたのは水泳である。この冬から水泳をしよう。といつても別に寒中水泳をやるのではない。神田の基督教青年会館のプールに通ふのだ。そこでは冬といへど、プールの水に温度を持たせてあるので、夏の日に、河海で泳く場合と違はないはずだ。一つ規則書を取り寄せて、健康診断をしてもらつていゝとなれば、毎日何をおいてもプールに通ふつもりだ。その帰り玉置真吉氏のソシアル・ダンスの練習所へも通ふつもりだ。

散歩らしい散歩と、水泳とダンスとで健康法が編成された。英国のバアナアド・ショウは七十幾歳になつて健康上の理由でダンスをはじめた。わたしの水泳もダンスも水泳として、またダンスとしての上達を期待するのではない。それはどんな珍風景を呈しようが構はないので、健康のためにといふ理由だけでせつせとやるつもりである。

人は誰でも考へてはならない。年を重ねるのは仕方がないが、心に年齢の皺を寄せてはならない。

いゝ年をしてだとか、頭が禿げてゐるのだとか、白髪が出来てるのにだとか文化の発展と人間の成長性を妨げること、さうした因襲的な言葉による阻止ほど甚だしいものはない。そんなことをいひたがるものこそ文明の敵であり、人類の敵である。

わたしが近年ひどくぢゞむさくなつたのはさうした言葉に打負かされてゐたからと気付き、こゝに断然と挑戦をはじめようとするわけである。

もつとも、自分はさうなると忙がしい。野球のフアンで、拳闘のフアンで、水泳とダンスとを自分でやり映画は近来一週二回は見つゞけてゐる。これは先づ自分の一生を通じてやりつゞけるであらう。

さう思ふと、自分はすぐ春の淡彩とも称すべき随筆が書け出すから不思議だ。

ダンサアS子はKダンス練習所へ出てゐる今年十九になる少女だが、全くオゾンのやうに朗かである、朝の太陽に元気よく枝から枝をとび廻つて快活に囀る小鳥のやうだ。

彼女はわたしがよく出かける喫茶店へ来る。サンドウイツチやザクスカを食べに来るのだ。彼女は人間のレコードのやうでもある。

東京ではお互に人見知りをしない。大都会では人々はつい人見知りをする習性を失つて来るものらしい。

見知らぬ彼女をわたしは軽く呼び掛けた。

「あなたはサクランボのやうな少女だね」

すると、彼女は朗かに笑つて答へた。

「サクランボはしどいわ、林檎ぐらゐにしといて頂戴」

それから彼女は逢う度毎にダンス練習所を見に来ない、といふのである。ある夜、九時ごろ、わたしが街を散歩してゐると、彼女に逢うた。

「先生いゝものを差上げますわ」

といふ。見れば白のハンカチに小さい塩センベイを包んでもつてゐるのである。

「有難う、では二つ三つ貰はう」

というて二、三個とり出すと彼女がいふのである。

「もつとお取りにならない、でないと後で後悔なさいますわよ」

わたしは彼女とわかれて、家の方へ帰る道すがら塩センベイを噛ぢつた。それを噛ぢり終ると、丁度、家の門にまで帰りついたのである。静かな風のない晩で、月は円かつた。

それからB子、この人に逢ふのはある会合の席だつた。会を終つて街に出ると、その人も同じ道を同じ方向へ歩いてゐた。

帰るのも同じ方向らしい。わたしはタクシーを呼んだ。そして新宿の方まで帰るのですが、あなたも同じ方向ならお乗りなさいといつた。

「ではのせて頂きますわ」といつてタクシーに同乗した。

「あなたには今夜はじめてお目にかゝつたのですが、あなたはなかなかお話がお上手ですね」

「あなたこそよ、今夜のお話面白うございました。迚《とて》も印象的よ」

「外交辞令が巧ですね」

「さうぢやないわ、ほんと、あの会にあなたがいつも御出席なさるならわたしもきつと出掛けます」

「有難う、では握手しませう」

わたしと彼女とは苦笑しながら握手した。十年一日のやうに話してはゐるが、その癖逢ふたのははじめてゞある。名前も所番地もむろん知らない。彼女は名刺をくれた。

翌日わたしは手紙を書いた。

「近日お伺ひしませう」と。

だが、一月も時が過ぎて、一月半ばかりのゝち、わたしが銀座を散歩してゐると、ゆくりもなくその人に逢うた。彼女はいふのである。

「あなたの近日つて随分永いのね」

そこでわたしは答へた。

「失礼失礼、今日はお詫びに御馳走をしませう」

二人はとあるレストランへ入つた。

そのときわたしは大胆な冗談口を利いた。

「先日差上げた手紙、どうですねあれはラブレタアになつてませうか」

すると、彼女は軽くほゝ笑みながら

「さうねえ、やつぱりさうだわ、少くともさういふことにしておきませうよ」

これが、二度目に逢つた人間の対話だらうか、わたしはこの日も近日訪ねるといつた。

「今度こそよ」

と、彼女は念を押した。

しかし、これだけでもう三ケ月を過ぎてしまつた。

わたしが冗談にいひ、彼女が冗談に答へる軽い対話に、よしどんな大胆な表現があるにしても、それだけで後に何にも残らない、といつた。別に戯曲の舞台稽古をしてゐるわけではない。愉快に話合つて朗かに話し合ふだけである。

こんな風にも書けば、わたしもわたしの付合つてゐる女性達もともに不良染みる。だが、彼女達は言葉こそ自由だが、生活の実話は誰も浄潔でキチンとしてゐるやうだ。

わたしにしても同じこと、生活の正しい規範だけは崩したくはない。

朝の散歩、深呼吸、戸外の新鮮な空気の朝に晴れやかな、最初の挨拶を投げることを忘れたくない。朝の瞑想と午後の思索の習慣とは失ひたくはない。夜の読書の時間はなるだけ守りたい。美しい夜の眠りを清潔なベッドで保つことは仕事のために何よりも願はしくある。

その上にさらに健康を念として水泳とダンスをプログラムに編入しようとするのだ。

だから嘘をいふ積りはなくとも近日尋ねる気でゐても、その日その日が仕事と健康とて一杯だ。

ゆくりなく逢うて少々自由過ぎる放言をきいたとて、大して呆気にとられるにはおよばないことでわたしはそれからの寛いだ時間で奔放に話すことを人生の淡彩として快く見守る一人である。

文士なんていやな奴だと仰言るのもお随意とする。

年が新たにはなつたが、風はまだ冷たい。

わたしは春の淡彩を描いたとて別に不謹慎にはなるまいと思ふ。

人々は老いてはをらない。生活と想像とは豊富であることが願はしいのである。

微涼を求めて

かつて避暑をしたことのない私である。といつたところで、避暑はしないといふ主義では無論ない。これをしないといふやうなそんな囚はれは持ちたくない。避暑をしない訳は至極簡単、出来ないから、しないまでの話である。今年もまた私にとつてはこれまでの私の夏のやうにあるでもあらう。だが、暑い夏であるだけに、避暑が出来そうもないだけに、山や海の幻景も頭のなかで浮ばせてみたくもなる。書斎の窓を通して空色の空を見るとき、私のその色よりもずつと緑青の勝つた海の色を思ひ出し山のことを考へると冷めたい嵐気と涼しそうに鳴つて走る谷の水音を思ひ出す。

一月も滞在しなくつていゝ。二三日でいゝ。土曜日から一晩泊りで出かけて行つて、翌日の日曜一日を思ふ存分泳いで来ればいゝと考へる。木村毅君が葉山へ行つてて「やつて来ないかね」と誘ひをかけられた。同様の意味のことを房州岩井（保田の附近らしい）に暑を避けてゐる須藤鐘一君から手紙で私に伝へてくれた。行けるものならどちらかへ行く積もり、だがそれもかなり怪しい積もりではあるが。

私だけの感じでは今年の夏は去年のそれよりは凌ぎ易いかの如くである。私はまだ昨夏のやうに暑さに喘がない。これだと私はどこに出掛けなくとも我慢が出来そうだ。有難いことには私の家は風がよく吹き入れる。で、風さへあれば書斎は涼しい。家の周囲も空地が多く、特に書斎の窓の前面の空地には樹木が兵隊のやうにへい列して居て、それがどれもかなりの古木なので、そこには涼しそうな木蔭が投げ出されてゐる。そこの青草の上には人々が風に吹かれながら昼寝をしてゐる。

最近に聞いた話だが、地主はその地面を売りも貸しもしないそうだ。私はそれで安心をしてゐる。道路一つ隔てて立つてゐるそれらの樹木は私の書斎からは私の家の庭ででもあるかの様な役目をつとめてくれる。

朝、書斎のガラス戸をあけたときそして冷涼の朝風がおどるやうにとび込んで来るとき、私は朝の挨拶をそれらの樹々に与へてやりたいやうな気がする。朝も、昼も晩もそれから真夜中も、夏も秋も、冬も、春も私には親しい樹々である。それ等は季節々々で同じ書斎で同じやうな毎日を単調に送つてゐる私を慰めてくれる。朝はそこの樹の下でよく煙草を喫す。夕方は庭と心得て散歩をする。避暑の出来ない私はせい〴〵私の手近な周囲から極僅な微涼をすくひ取つて来るより外はないからである。

私の住居から程遠からぬ所に氷川神社といふのがある。大きな松と杉とが烈日を遮ぎつてゐるしや〻小高いところなので風が涼しい。暑い日には多くの人達が、その境内にござや筵を持つて来て勝手な所にしいて遊んだり寝ころんだりしてゐる。蓄音機をもつて行つて鳴らしてゐる人もゐる。

神主の心遣ひでもあらうか、神殿も夏になつてからあけ放つてゐる。二人の老婆が涼をいれながら自分の家の座敷ででもあるやうに行儀よく坐つて物しづかに話してゐるのを私は見受けた。子供児守子、老人達が多い。自然に出来上がつた民衆納涼園だ。そこに来てゐる人達はみんな人のよさそうな顔をしてゐる。軽井沢を気取つて散歩するブルジョア娘なぞよりどれだけ感じがいゝかわかりやしない。

私は避暑をしたくはない。山と海とのことを考へるのはそうした所へ行つたら頭の転換が出来るやうに思へるからであるに過ぎない。

貧弱で、無装飾で何の風情の一点もなく、汚い部屋の壁を見つめてゐるのは少々あきる。

どうすればそこから微涼がわき出すか。夏には訪問客がへるので夏だけに有難い。無理に快活を装うて来客と対話するのはいやだ。

いつも起きるのが遅いが、夏だけは朝起きが出来る。それは微涼に値する。洗面する。そこにオーデ・コロンの一滴を落とせば一滴だけの微涼がある。おしやれでもない癖に夏だけは毎朝髯剃をする。それも微涼くみとりの一手段である。朝食は軽啖なるがいゝ。オートミールと半熟の鶏卵で簡単に済ます。新聞は夏場だけジャパン・アドバアタイザアときめた。夏の新聞はあつさりしたのがいゝ。恋愛沙汰の記事、煽情的の記事は暑苦しい。私は『東京朝日』以外に『読売』を購読して『毎夕』を貰つてゐる。読売と毎夕とは夏向きの新聞とはいひかねる。二つとも少々あくどい。煽情的な色彩がそれらの社会面には多過ぎる。少くとも私にはそう思へる。で、私はアドバアタイザアと『東京朝日』とは夏の私の新聞としてゐる。

私は淡として冷静な心構へで夏八月に対する。私としては気軽いことが一番涼しいのだ。涼しい所へ行つて仕事に精出すよりも、相変らずの東京郊外に夏を送りつゝのん気に読みかきがしたい。そんな程度でも、この都会で暑い毎日を事務を執るべく出勤するサラリーメン諸君にたいしては或はけしからぬのん気さだ、といはれるかも知れない。まして工場内で煤煙を浴びてゐる人達、やきつくやうな路面の労働をする人々には済まないやうに思ふ。尤も私だつて食へないから毎日怠りなく仕事はしてゐるが。

最近、刑務所から帰つて来た同志に「君獄中はさぞ暑かつたらうね。お察しする」といつたら「暑いとか暑くないとかといふことに超越してなければならないのだからね」と其人は答へた。涼しい山や夏の海を考へるのは私共にしては贅沢であるべきだつたのだ。私はかれに逢つてからこの八月を無茶に馬力をかけてたまつてゐる多くの仕事をやつつけて仕舞ふかとも思つた。

それはさて置き、私は私の微涼の製法をつゞけることにしやう。

私は贈られた『河の旅』といふ雑誌を何気なくページをくつてゐると、そこには千島の事を書いてあつた。白雪に蔽はれた写真があつた。私は北の海の島々のことをいろ〳〵想像するうちに一種の涼気を感じ出した。私の想像はさらにアラスカに飛び、或は濃碧の海に白く光つて流れる氷山のことに移つて行つた。なまじい湘南や房州の河岸に行くよりもうんと寒い国の旅行記でも読まう。北極の探検記なぞでも極暑の候によむのがいゝと思つた。そして丸善のカタローグからそうした種類の本を何かとあさつてみる気になつた。

それから自然科学への愛好も微涼製法の一つだと思つた。私共の思想的立場は自然科学と密接な関係を持つてゐるが、私は情感的にも自然科学は好きだ。先達てもちよつとした用件で加藤武雄氏を東京府下の砧村にたづねた。あのあたりは私達の住んでゐる高円寺なぞとは違つてさらに野趣に富んでゐていゝ。

私は前にもかいた書斎の前の空地を散歩して二三寸乃至数寸の野生の萩を見つけ出してはシヤベルをもつて取りに行くのだが、加藤氏の家の方へ行くと野生の萩の多いこと、それも大きくてそれが青茅やその他の雑草と共に茂つてゐる。平塚雷鳥女史の家の裏なぞには萩がとても多い。それらが風にゆらいでゐる。青い風でも吹いてゐるやうな気がする。空はコバルト、地上は緑、その間を風が通る。私は草原がすきだ。

私は植物学をやつてればよかつた。植物学に親しみながら、私は私の思想の研究をすべきであつた。何のために無益有害なる法律政治の学問なぞをやつたのだと考へるとしやくにさはる位だつた。

太陽だ。空だ、風だ。そして草木だ、星だ、といつたやうな言葉を訳もなく吐き散らしてみた、無論人なき路面で、それから間もなく、私の部屋には風知草の一鉢が置かれることになつた、そよ風にゆらぐ風知草はその各々の示す通りのものだとしみぐ〜感じた。朝と晩とに怠らず水を遣つて私を自ら楽んでいる。

入浴を午後にしてたそがれ時には近くを散歩する。戸外はやつぱり涼しい。風がなくても風があるやうに涼しい。月があつてそれが青茅の細葉にうつゝてゐるあたりを通るのはすきだ、月は白いし、草の葉は夕の風にゆれるし、と思ひながら散歩するのである。

勉強につかれると私は泉鏡花氏の作品を読む。『愛府』に収められた『山吹』といふ戯曲なぞは面白くよんだ。蒸し暑い晩なぞ氏の旧作『高野聖』なぞを読み返して氏一流の幽玄にして縦横自在な名文に接すると全く涼味を感ずる。夏の月の白く涼しいのと、風にしぶきの清く散る感じをうけ取つて愉快である。

私は以上のやうにして自分勝手な涼味を製造することに依つて、この夏を送りたく思つてゐる。白の桔梗と紫の桔梗とにアスパラガスの藻のやうな細かい葉をあしらつて挿た卓上の花瓶にさへも風がそよぐ感じがないでもないのである。

冬日独語

冬の日の太陽が紅山茶花の花びらを明るく照らして居てもそれを長閑な心で眺めうる自分でもない。さむい空気を障子で遮断して、その障子にうつる晷影《ひかげ》を火桶を擁して凝乎と見まもるやうな気持もない。元気もないが、不元気でもない。ミサンソロフイストでもない。「懶」の趣を愛する薄墨色の枯淡もない。街巷の喧騒を厭ふのでもなければ、陽気なこと、派手なこと、賑やかなこと、いや、時には、騒々しいことでさへも決してきらひな訳ではないにも拘らず、わたしは兎角に人々とかけ離れがちになる日を送つてゐることを泌々と思ふ。人の大勢集まるところへ出かけるのが何となく気が進まなかつた。人を訪ねるのも大儀であつた。散歩には毎日のやうに出たが、何でもない郊外の道を歩いた。毎日が過ぎて行つた単調にめくり暦がはがれて行つた。私の生活は人のゐない部屋の時計のやうに動いて行つたと云へばいゝのであらう。わたしはわたしの素質と才能の薄いことを知つてゐる。わたしの性情は臆病である。

さうした人間のするべきことは、自分の小さな天分に応じて出来るだけのことをするより外はない。

さわやかな心を持つことだ。朗らかな気持に生きることだ。心を悩ますことには触れないことだ。仕事と運動との適正だ。新鮮な空気だ。晴れやかな光線だ。そして全くしづかな生活だと思つた。あるカトリックの僧侶のことが思ひ出された。その人に次ぎのやうな記事があつた。「あまり外出を好まれず蟄居をこと丶された師の私的生活は勤勉、精励そのもので、毎朝午前三時半に起床、五時十五分前には弥撒を立てられるのが常で、二十年この方、上智大学内で起床、祈祷、食事、読書、著述、出講、庭園散歩等がいつもきまつた時間に規則正しく続けられた」

私にとつて生活の内容は著しくそのカトリックの僧侶とは違つて来る。私は朝がこんなに早く起床し能はぬ。次ぎに、私の生活には祈祷がない。だが祈祷に代へるのに、黙想とか語学の時間をもつてしてもい丶。読書、著述は私の生活も同様にある。出講は私にはない。庭園散歩に代へるに郊外散歩をもつてすることも出来る。何れにしても規則正しい生活をしてみたいと思つてゐた。

夜の会合は避けたかつた。夜ふけまでの執筆はしたくなかつた。さう云ふ訳で友人知人のための大抵の会合にも失礼した。彼は近ごろどうしてゐるのだらう？ と知友の噂するのも人伝てに聞いたことさへある。

街に出てゆくと、友人は「久振りの上京だね」と言った。

わたしはアンリイ・ファブルのやうに物静かにコツコツと自分の天分だけのことをして行きたかつた。メッテルリンクのやうに規則正しい生活がしたかつた。カトリックの前に述べた坊さんのやうにも……。

だが、それもこれも出来なかつた。さうだ、何も出来ない自分だつた。

人生のプログラムなんて霜柱よりももつともつと容易く崩れて行く。それに性格が弱くて、過ちを犯し易い人間にとつてはプログラムなぞは無いのと同じことだ。

わたしは冬の日晴れた空を眺めながらさう云つて心のなかで呟いてみた。

心しづかに冴えた理知の下にアルバイトを進めつゝある諸君を羨んだ。

光と快活と明朗とのうちに、何の囚はれもなく軽快の歩みを執る人々をも羨んだ。そのどちらでもあり得なかつたからだ。

世の片隅に清澄を守つて消極に住むことはわたしの本願ではない。私は私の辿らうとする思想の形貌を鮮やかな形にまとめるためのアルバイトに時間と精力との悉くを投じたかつた。佐佐木好母氏に「自分は完全に十六時間の勉強を運ぶために君の医学的助言を乞ふ」と云つてやつたことさへがある。

私は一切の遊戯をきらふ。麻雀、花札、ポオカア、ブリッヂ、その他一切のその種の遊戯がきらひだ。時間が惜しいからだ。所謂文士の生活はわたしにとつては本質的に肌合の合はぬものだと感じてゐる。

レエニンがボグダノフとの論戦の準備に毎日十四時間をブリチッシュ・ユミユジアムに送つたやうな異常な勉強がすきなのだ。その調子で、わたしはわたしの思想――今のところの少数者の思想――のためにあらん限りの時間と全精力とを傾注しようと欲した。

だが、その熱意は完全に駄目になつた。何のために――ある偶然の出来事によつて。

――時世は切迫してゐるんだぞ―だのに君の如くサロオンに閑居して戸外の嵐の聲に耳を傾けようとしないとは何事だ――

と、暴力をもつて街巷に蹶起すべく勧説―むしろ強迫――されたこともある。

だが、わたしにはわたしだけの考へ方がある。

一方、こんなにまで強ひての孤寂を守つてアルバイトを進めて行かうと言ふ人間に、何だつてそのあべこべに、うつかりと夢を見させようとする好意のいたづらが多かつたとも思つたことさへある一九三〇年だった。

囚はれをもつことは理知主義者のわたしの極力避けたいことであつた。囚はれをもつことは窮屈でもあり、面倒でもあると知りながら、囚はれをもつことにも好みがあり、囚はれたい欲望もあり誘惑をも人間は感ずるものだ。囚はれをもつことは怠慢ともなり、空虚ともなることを知つてゐながら、囚はれを持たないことがさびしさでもあつたりした。

怠慢の年が暮れて行く。

うすら寒い夕方の郊外を散歩しながら、枯れた木の枝が薄明の中に墨絵のやうに浮んでゐるのを眺めながら、以上のやうな感想を思ひ浮べた。何事も明らさまに云ふわたしが、この冬の日の感想でひどく訳の分らないことを書いた気がする。

散歩者の言葉

有楽町の駅を降りて、丸の内橋を渡る。それがわたしの銀座散歩のスタアトである。丸の内橋の上に立ち停つて左手の方を見る。と、そこには高層建築が如何にも大都会のプロフイルらしく美しい夕靄の空を劃つてゐる。掘割の水も冷涼の秋の気を快く漂はせ、邦楽座の広告も――大凡そは、ロマンチックな題目だが――ほの白い薄暮に陽気を鏤めてゐるのもなつかしい。

橋を渡ると、チヨコレート色の銀座教会――その尖塔の金色の十字架に夕日がきらめく――の側を通つて大通りに通ずる道には、邦楽座へ往き来する美しい人々の群が通る。一種の美しい通りである。

だが、わたしは橋を渡ると、すぐ右に折れアカシヤの行路樹の舗道を掘割に沿ふてあるくのを常とする。

それから――

篠懸の行路樹の葉も小暗く繁つた対鶴館ビル脇の通りの方に道を執る。

あの通りはやゝ広い。電車が通つてゐないので比較的しづかでもある。バァ、喫茶店、レストランの類も両側にはかなりあるのだし、ネオン・ライトも少ないと云ふ訳でもないのだが、それがパツとしないで落付いてゐる。全く適当の暗さ、適当のしづけさ、そして同時にまた適当の明るさと云ふものをもつてゐる。その状態をわたしは銀座の街で香ばしいシルウエットとも云ひたいのである。

わたしはその通りを愛する。微醺を帯びた時とか、しつとりと情に絡んだ話でもしながら歩くには誂へ向きの通りである。

わたしは河岸まで通りぬけ、さらに十五銀行の角を左折し、大通りを一先づ突切つて三十間堀の河岸通りに出る。

その通りも好ましい静かさをもつ。

最後にネオン・サインの眩しい許り照り耀やく大通りの舗道に姿を現はすのである。そこはわたし達にとつては、一種の移動社交倶楽部である。わたし達はそこで思ひもかけぬ久闊を叙したり予期もしない要件を果たすことも出来るからである。雑談間話のうちにも、フレツシユな知識を受取る。屈託のない、都会的な軽い話の多いこともうれしい。

わたしは銀座に何と云ふこともなく at home の感じをもつのである。

散歩の第一条件は道路のよきことである。そこで舗道の完全な銀座方面にまでわたしはわざ〳〵出向くのである。奇妙なことに、わたしは銀座の舗道に立つと、気が軽くなる。ゆつたりした気持の散歩者になり切れるのである。建物や飾窓を一々気に留めてゐる訳ではないが、ゴミ〳〵した狭隘な町とちがつてそれらのものが散歩者の気持を無意識のうちに快適にするのかも知れない。

それに見知らぬ彼等――行き交ふ人々にもすつきりしたところが多い。

銀座には当世風が多い。それが銀座の街の特色である。その当世風を散瞥するのも、時にとつての一興であるが、それは早咲きの初花が舗道にチラホラ匂ふ風情である。

銀座には排他的な空気は微塵もない。自由なくつろぎがどことなくある。

多少の用達しを兼ねて出かける銀座ではあるが、わたしはそこでは全く何の的もなくぶらぶらする時間が多い。云ひ換へると、何の的もないと云ふのが的なのかも知れないのである。そこで立話をしやうと、こゝで喫茶をしやうと、何もかもが湧いて出る即興によつてプログラムが編まれてゆくのである。

さうした自由創造こそ、都会的なエンジヨイメントのリズムなのである。

わたしに出会ひ頭の友が「どこへ行かう」と云へば、少くとも、銀座だけでは「否」とは云はないだらう。たゞ、望ましいことは落付いて話合へるやうな場所でさへあればいゝと云ふだけだ。

そんな風に云ふと、――光とひゞき、刺戟と亢奮と云つたやうなものが熔け合つて醸し出す大都会の交響楽を知らないんだよ、と冷やかされさうな気もするが、そして一面すなはちそれにも反対であるわたしでもないのだが、――乱れても清くあれ野卑な鄭声は銀座の音律であらしめたくないと云ふ突つ張りもあるのである。

銀座と云ふところを、どこまでも軽く明るい快適な地帯であらしめたいものだ。あの華やかな街の書割を朗らかな談笑と交歓とのバックにしたいものだ。

洗練されたelite のつどい場所、だから野暮やがむしゃらさも銀座の色調でやさしく解きほぐして仕舞ふやうなところであらしめたい。そこでは敵意を含んで人にたいすることも、倨傲《きょごう》に構へて人を疎んずることも銀座の街では少くともあつてはならない。

男の人と、女の人とは特に銀座では仲よくあれ！ もつと大勢の男女の組が歩くがいゝ。――どうぞお遠慮なく、銀座であるが故に。

少々目に立つ異形や振舞ひでも大目に見ます。「何であらうが他人様のことだ」と寛容に見過しうる慣はしが発達してもいゝ筈の銀座である。

チエッ！ なんてもうそんな下品な原始的妬情の表現を投げかけるやうなことは銀座では跡を絶つたらうとは思ふが、友人たちがお婦人と仲よく歩いてゐるのを見て目を峙たしたり、さては後日に「おい君、こないだ君と一緒に歩いてゐた女の人は誰だい。アミーかね」なぞと、質問するが如きは無粋の限りであつて、少くとも、銀座に限つてそんな野暮たい不審訊問は沙汰のかぎりであると諒解し合ひたいものである。華麗な街、銀座にたいしては人々は自発的に守らなければならぬ。少くとも守つてゐゝと思ふ掟について知るべきではなからうか。

小さな喜び

街の舗道を静かな気持で散歩して居るとき、流して通るタクシーが「おやすく参りませう」と云つて勧めるのは全くうるさい。タクシーを欲しがつてゐるときでも、先方から持ち掛けられると乗らないことにしてゐる。静かな、気儘な、散歩をさへ、そんなことで乱されるのは腹立たしいことである。何故もつとわれわれの自由発意に任かせては呉れないのだ。乗りたいときは手を挙げて呼ぶよ！　乗りたくもないときに、そして行路樹下の舗道をゆつくりと街の秋を味ひながら歩いてゐるものを、何だつて妨げるのだ、と云ひたいのだ。タクシーは黙つて流れてゆくのが一番感じがいいものと知るがいゝ。わたしはタクシーを呼ぶ時には、乗ることを勧めない車を選ぶことにしてゐる。さうした乗客の心理を考へないのは利口ではなささうだ。

わたしは微小な存在でしかないところの文士である。わたしは、それ故に、大きな存在でありたく望みはしない。わたしはわたしが書きうるものを書いて行くことでいゝ。つまり、あるだけの自然さに於いて、なし得る程度の仕事の従事で沢山なのだ。

「お前のやうに卑少、卑屈であつては駄目だ」

さう云はれるでもあらう。しかし、それが性分なら仕方がないことだ。小成に安んずるのでは毛頭ない。肩を挙げ臂を張つて力むのがいやなのである。

小さい存在は、小さい名前で、小さな範囲で住むだけでいゝと思つてゐるわたしである。若し間違つて、小さな存在が大きなものとして人々の眼にも映り、或は人々の唇の前で発音されたりするなら、わたしはびつくりするであらう。

わたしの翻訳した戯曲が、曽て或る劇団で試演され、案内されて見に行つたことがあるが、冷汗が出た。自分の翻訳が舞台の上で、知らない人々の口を滑べり出るのをきいてゐて全く恐縮して仕舞つた。わたしの拙訳を暗誦したり、今またそれをそのまゝ間違はずに台詞として云つてゐるのだ、と思ふと、その拘束に気の毒さが感じられたのであつた。

もし、わたしが小唄でも作つて、その歌詞が蓄音機屋の店先に書き出されてあつたり、レコードとなつて喫茶店やバアの女給たちに唄はれてゐやうものなら、どうしたものだらうと考へるに違ひなからう。

ラヂオで話すことも同様に、わたしを極度に気恥かしくさせずには置かないであらう。

気の合つたそして喜んで話を聴いてくれると思へる人々と話すことは、話してもいゝ事だと安心が出来るけれど、明らかにさうでない多くの人々も居るのに、それに呼びかけるのは耐らないと云ふ感情が残るのである。

以上のことはわたしにとつて故意の、技巧的な謙遜から云つてるのでは決してない。実際にさう思つて居るのである。

わたしは真面目でありたい。そしてわたしに与へられた力だけのことを、力を惜まず遣ることにしたい。たゞそれだけである。

小さな存在であるわたしは喜びも、慰めも同様に小さい。わたしは熟眠が望ましいのだ。熟眠から覚める快さが願はしいのだ。健康から来るさわやかな気持が欲しいのだ。

それから、

それからは冴えた朝の執筆だ。静かな夜の読書だ。わたしは疲労と云ふものゝ不愉快さを嫌ふ。煩はしいこともいやだ。一仕事を済しての散歩、それらは全く何でもない散歩であつても、そして始終見慣れた平凡な道の平凡な風景であつても何となく親しめるものだ。その気持はたしかによろこびだ、小さいながらも。そんな時清楚な喫茶店に漫然と憩ふて、珈琲を味ふことでも、散歩の後ではそれだけで喜びである。入浴にしろ、快い発汗にしろ、右にのべて来た諸々のわたしの喜びは何と云ふ小さいことなのであらう。

豪快を好む人々の多分物笑ひにするでもあらうが、わたしはわたしの喜びとする小さいそれらのものが綜合されるならば、どんなに愉快であるかも知れないと思ふのである。

世の通俗の見解によれば、馬上で三軍を叱咤する将軍が豪快で、民衆の鳴りも止まぬ喝采をうける政治家の大演説が壮絶で、…………と云ふことらしいが、わたしのやうな小さい存在には好ましくない大味な事柄である。

何と云ふ吝臭い了見であらう、わたしは今夜もまた熟眠だけを願つて居る。

世界を舞台にして、世界の耳目を聳動したがる人々はその積りで飛躍するがいゝ。

わたしは今日も僅か許りの本をよんで、僅か許りの何事かを知り得ることで満足するであらう。

雑草の如く

米子の宿で有島武郎氏が書いた一軸を見たことがある。それは元政上人の七絶であつた。

晩歩乗晴伴杖藜　林叢深処任東西
箇中偏愛無名草　不為騒人入品題

わたしは以来右の七絶が非常にすきになつた。そして今ではすつかり暗記してしまつてゐる。

わたしは無名讃仰の人間だ。わたしは雑草の研究がしたい、と云つたことがある。アンリー・フアーブルが昆虫を黙々として研究したやうに、わたしは雑草を研究して見たいと思つた。昆虫はいやだ。検微鏡下に置いた昆虫の姿にはかなりグロテスクで不気味なものがあるからだ。それに反して雑草の中には得も云はれぬ風趣を備へたものゝあることをわれ〳〵は知つてゐる。雑草の花は概して人の目を奪ふやうに華麗ではない。しかし可愛らしいものは少なくないのである。わたしは雑草を愛する、わたし自身の存在が云はゞ人生に於ける雑草の如きものだからである。

雑草のうちに薬草のあることをわれ〳〵は知つてゐる。気持のいゝ、善良な人間は無名の市井人のなかに如何に多いかにわれ〳〵の実感するところである。

わたしのやうな考方をするものは、小成に安んずるとか、覇気のない凡庸として侮蔑されるのであるが、しかし、わたしは侮蔑されることをむしろ欲するのである。わたしはボオドレエルが――わたしを愛して呉れた人達はみんな世間から軽蔑された人々ばかりであつた、――と云つた気持がよく分かるのだ。

わたしは英雄を憎む。名声よく一世を蓋ふて傲然として人々を眼下に見る連中を愛することは出来ない。

未だに人々は何と云ふくだらない迷想に囚はれてゐるのだらう、とわたしは却つて世の英雄を侮蔑したい位である。

ヴアレリイの云つた言葉――教養のない人ほど熱情を、ヒロイズムを愛好するのである――をわたしは快き同意をもつて受け容れる。

現代こそ教養なきものが愚かしきヒロイズムに喝采を送つてゐる時代はないのだ。気球広告が大都会の空に浮んでゐる。それはまさしく現代の表徴とも取れる。わたしは野に立つ一本の樹木の方を愛する。むしろ、小径に生へた雑草に牽かれる。

雑草の如く生ひ立ち、雑草の如く枯れることが何よりも望ましいわたしである。親切は才能ではない。才能ではないから親切だけではその人を目立たしい英雄にはしないであらうけれど、われ〳〵は親切な行為にたいする感謝は忘れられない。人里離れた田舎で、また街の片隅で誰と云ふ名も知らない人から受けた親切がある。わたしはその方を広い講演会場で聴くどんな大演説よりも尊重することが出来るのだ。で、天下の英雄達から見れば、平凡なそして自烈太くて耐らないと思へるやうな市井の生活にこそわたしは尊敬が出来るのである。わたしは千九百三十年代、四十年代に生活する一茎の雑草である。困つたことには一体どうしたら食べてゆけるかを考へる以外に何の野心も覇気もない。他人に迷惑をかけることなしに食べてゆけたら如何に気持がさわやかであらう、と常に考へてゐる。

迷惑をかけて高名の人物とならうよりも、迷惑をかけないで善良無名な市井人として終はることがどんなに好ましく選ばれるか分からないのである。雑草として健康に葉を延ばし、小さい花をつけて地の片隅に自然に枯れてゆくは満ち足りた生涯としなければならぬ。

素より人生の雑草である、わたしは途方もない空想は抱かない。しかし、雑草には雑草だけの仕事もあらう。努力とも云ふべきものもある。

わたしは葦の葉よりももつと脆くて弱い頭脳をしか持つてゐない。それは十分に劬《いた》はり庇はねばならぬ。その上で、わたしの如き才分の乏しいながらも受けた資質を発達させる義務だけはあると信じて努力したがつてゐる。それだけでいゝのだ。後は雑草の生活に太陽の快活な光をうけてよろこび、柔い微風に愉快に揺れて居ればいゝだけだ。

わたしは、いつの間にか文学者のやうになつてしまつた。だが、そこでも雑草的存在である。これまでだつてこれと云つて形をなしたものを書いたことはない。これからだつて頗る怪しいもんだと思つてゐる。でも、最近になつてから一つ作家になつてやらうと思つてゐる。それにしても元々慢性神経衰弱でエネルギイがないのだから、大きなものは到底書けはしないことを知つてゐる。書けるとしたら短篇だ。そう思つて西洋のすぐれた短篇を暇に任かせてよんでみた。中々うまいものだ、と思つたこともある。そうでもないと感じたこともある。だが、自分で書くとしたら如何に自分が書けないし、また書けても如何に拙くかくであらうかを自分は興味を持ち出したのである。われながら拙劣極まるものを書いて失笑の禁じ難きものになるのも如何に愉快なことであるかと思ふのである。誰でもがさう容易くそしていゝものが書けるものなら、そんなことは一向に面白いことでないではないか。

ところで、人々にはそんな余裕がない。関税吏のやうに調らべて吝を附けたがる。わたしのやうな男がもしもそれらしい所へ発表すればきつと何とか云ふに違ひない。

わたしは文芸の上に於いても、雑草的存在であることを楽んでゐる。第一、自由だ。きわめてのびやかに拙いものを書いて悦ぶことは文芸の自由な一つの境地としてもいゝのぢやないか、と考へるからである。

わたしのあらゆる存在の容相は悉く雑草的であるし、わたしの社会観乃至人生観なるものは、雑草哲学である。わたしにはわたしの所謂雑草哲学は自然な、きわめて人性的な物の考方だと信ぜられるのだけれど、世の勇敢な人々は哀むべき自屈哲学と思惟するかも知れない。とするなら、それは見解の相異として如何ともしがたいものとするより外はないのである。

初夏の野原には目ざめるばかりに気持のいゝ緑を舒べて雑草は生へ茂つてゐる。

わたしは街へゆくよりも、野原の方に散歩の道を執り、かゞんで雑草に対するのがわたしらしい好みであるとしたい。そして誰が何と云はうが、よし小成に安んずる自屈とみるならば、空名と教養の足らざるヒロイズムを時代遅れなりとして敢然と挑戦することに躊躇するものではない。

わたしは雑草を好む、雑草の如くある故に。

断想

朝の散歩が好きだが、家の附近では散歩するのによき場所を発見し得ない。カトリック教会堂の附近を散歩する。でなければやつぱり電信大隊の原つ場である。

一日の時間が訳なく消えてゆくあぢきなさ——わたしは朝の時間、午前中の時間を大切にする。午前中が漫談で掻き消されると、その日一日が嫌になる。

わたしは漫談がいやだ。閑話に時間を過すなら眠りたい。疲れてゐる所為であらう。

高円寺の街は全く明るくなつた。夏の夜の雑閙なんか驚く計りだ。知人友人に逢ふことも頻繁である。紅茶なり珈琲なりを逢つた人毎に飲んでゐたら大変だ。血がオークル色になるかも知れないと思ふ。私は元来喫茶店なぞでコーヒーを飲みながら喋べることが一つの楽しみだつた。喋べつてもく疲かれない男だつたのだが、今は喋べるとひどく疲れるので非常に寡黙になつた。

（と、少くとも、自称してゐる）

わたしは天下国家のことを論ずるのはきらひだ。村のこと、町のこと、町の中の知合ひのこと、その人達の商売の好調、生活のよさ、運命の明るさ等に就いて考へることがすきだ。その人達と陽気な挨拶を交はし、朗らかに語ることがすきだ。

わたしは、だのに、自分の住んでゐる町の、しかも懇意な喫茶店に行かなくなつてしまつた。それは決して年の所為でもなく、厭人癖になつたからでもなく、どうした訳だか、ひどく植物性がわたしの性質のうちに拡がつてしまつたからだ。

喫茶店で送る時間が惜まれ出した。それはいつでも、また、いつまでも静黙のうちに時間を送つても退屈を感じなくなつたからだ。わたしは自分が退屈しない男になつたのをうれしく思つてゐる。わたしは賑やかに談笑することを避けたがつて居る。その代り、澄んだ空気が欲しい。刺戟的な一切の飲物より清い水が要求される。夏の日にだつて、青く晴れた空がすきだ。青い空のうちにさわやかな冷涼の秋の空気を思ふからだ。夏の夜の街の灯に親しんで、当世風の会話を聴くよりも、アルペンのグレエシアの写真でも見たいのだ。森、冬には遠くの山の雪線を眺めることが選択したい。

こんなことを書いてゐる日に手紙。

——クラブの心の呪縛から、H！　あなたを解きほぐす時間も熱意もA子は持つてゐませんもの何故？　一杯な遊びと、一杯な勉強と、一杯な思索と、一杯な何にかとのA子はもう鳥渡《ちよつと》さとく明るい笑だから……

A子の広やかな微笑はこれから——

おゝ、一な思索、一杯杯杯な勉強、むかしの友！　期せずしてあなたが僕とほゞ同じ心境にゐるのを知つてうれしく思ふのだ。

わたしは力強い智の額を快く夢みる。

僕の立場から青年に言葉を与へてくれとの註文だが、僕は、どうもさうしうる性質ではない。むしろ、次のやうに云ふから考へてみてくれと云ひたい。取るべきことがあつたら取つて頂きたい。

僕は号令を発するやうな調子で物を云ふことを好まない。肩を聳やかす姿勢は大きらひだ。啖呵を切るやうな云ひ方をするのが勇敢で悪罵することが大胆だと幼稚にも考へてゐるものが少くないのに驚く。形式論理はくだらない。まして反動だの、自由主義だの、小ブルジョアだのと云ふ文字を徒らに濫用したからと云つて議論が尖鋭になるのではない。どんなに平明な、また、どんなに物静かな調子で表現しても内容が尖鋭であれば、それこそ力強いのだ。その強さがもてるのは容易ではない。それは正直に、ありのまゝを表しうる胆力がなければならぬ。人間は本能的に見栄坊だ。だから、いゝやうに見られたがる。評判を気にする。非難を怖れる。誰にも見せない日記でさへも人は決してほんたうのことを書かないものだ。それは自分の書いた日記を前にして調べて見ると分ることだ。

ほんとうに勇敢な人間なら卑怯だと批評されてもビクともしないであらう。卑怯な癖になまじ勇敢らしく思はれたがる勇敢らしい台詞を使はねばならぬのだ。

芸術は革命的であらねばならぬ。謂ふところの芸術の革命とは技術革命であることに局限すべきではない。芸術の革命とは総合的革命だ。社会も、生活も、そして技術も、それが並行し、融け合つた上に芸術の革命が成り立つ。だが、今では跛行的だ。文芸界の沈滞は生活がコンヴエンシヨナルであり過ぎるからだ。

曽ての作家例へばイブセンでも、ストリンドベルヒでも個人主義的な作家として当代では時代遅れとされてゐる。何故時代遅れであるかと云ふのに、彼等に当今のプロレ作家の如き関心がなかつたからだとされるのだ。さう云へもする。その点は。しかし彼等がコンヴエンシヨンにたいして戦ひぬいたことは認めざるを得ない。フローベルもゾラもとてもの努力家だつた。彼等がコンヴエンシヨンにたいして戦ひぬいたこと丶、非常に勉強したことは今と雖も昔同様に尊敬出来るのだ。その上に社会機構への進展、近代科学文明の発達思想と生活との密着性・感情の分岐的複雑とが加はつて来たとすれば、当代に於いて文学に携はるものは異常な努力が要求されるのだ。その努力は末端的な技術革命には止まらない。構成的な努力、表現と描写との努力、そんな程度でい丶のではない。生活に錆の付かない努力、社会機構を明瞭に見得る努力、科学知への関心、それ等が打つて一丸とされるのだ。生活を絶えず磨くことは因襲の克服である。大なる社会機構を相手にそれの分析を試みることは大きな努力であるが、むしろ楽みだ。

それよりも事頗る小さいやうで小むつかしいことは生活を錆付かせないことだ。因襲は全く空気のやうに忍び込み、水のやうに沁みるからだ。平たく云へば、××××の制度と彼等の生活を指摘し非難することは、うつかりしてゐると忍び込むブルジヨア気分と見解との排除の方が、むづかしいやうなものだ。後者の方の留意は、だから、一段と峻厳に当らねばならない。生活に錆のつかぬ工夫、それは文芸の士には何よりも必要なことなのだ。錆付いた生活からは如何に技術革命が加へられても、新しい文学は生れない。文芸界の沈滞とは、生活の錆付けが土台となつて現はれる現象である。口だけで精算するものがあるから精算しようと思つてゐると云つたとて何にもならぬことだ。誤魔化しが少しでもあると、生活革命は進展しない。××××××××××××。生活革命には胡蝶と見栄とが禁物だ。われわれは尊敬しつゝプロレタリア作家の、あの前衛的な論調と、先駆的な作品とに接してゐた。だが、あんな風に威丈高になつてゐても、殆どシンパサイザア以上のものでなかつたことの実証は如何に寂しがらせたことであらう。シンパサイザア文学とは要するに同伴者文学ではないか。如何に文学そのものが技術的にヴイヴツドでも、いや文学だけにヴイヴツドであればあるほど実体運動への冒涜の感じがする。弛みなき生活革命の持続、それと社会××並に芸術革命との間隔のない合体、その三角形の尖頭に集中された焦点に就いてわたしは一つの重心を置く。

生活を磨くこと、それは絶えざる苦闘である。のみならず、常に危険への駆突であることを意味する。山でさへのぼるに従つて空気の稀薄が呼吸を苦しくするのに、生活の絶えざる磨きはさらにどんなに苦しくさせることだか。

わたしは生活の錆付きを文学にとつて最大の腐蝕作用とする。そんなものではないだらうか。

或る日のサローンにて

この国ではアナキストと云へばひどくいやがられてゐるかのやうだ。

私はその一人である。ではあるが私は食ふための売文に忙がしいので遺憾なことではあるが、その原理を十分研究する暇がない。また種々の事情から実際運動に敢然として身を挺することが許されない。云はゞ一箇のアナキズム思想のA、B、C持主であると云ふ以上ではあり得ないのである。そこで実際運動の諸君から、「あんなサローン・アナキストが何だ」と云はれるし、また一方コムミユニストの連中からは、プチ・ブル思想だの、反動だのと目されるやうだ。しかし、さうした指称が何であらう。私は私の道を行くだけである。即ち、私は私の持ちうる限りの余暇を利用して遅々としてではあるが、アナキズム思想を私の微力でなしうる限りに於いて、纏めたいと思ふだけである。「アナキズムは行動の哲学ではないか。だから、お前のやうなものはアナキストだとは云ひ得ないのだ」と云はれればそれも承認する外はない。ほんとうのアナキストでないとしてもそれは止むを得ない。私は私の性格が率きつけるアナキズムの思想に依然として附いて行くだけである。

近代のアナキズムが多くの人の関心でなさそうなことも私は知らぬではない。またアナキズムに対する無知から来る誤解、曲解、悪解をも十分に知つてゐる。しかし、それがためにわれらの思惟に何の動揺があらうぞ。アナキズムの思想者は今の世の中で持てる訳はない。黙々として地味に、人知れぬ行為のうちに浸みたる覚悟が必要である。宣伝と広告との世界のものではない。だから派手好みの現代の雷同性とは一致しない。宣伝はあつても口号ではなくて、行為そのものゝ宣伝である。その宣伝に号令と誇示とで人々に叫びかけるのではなく、行為自体が隠微のうちにもつべき波及なのである。

現代で喝采を求めたいなら、政治家か、活動俳優か、スポーツマンか、通俗作家大衆作家になるのが一番近道である。即ち人々の耳目の前に登場するべく心掛けるがいゝ。宣伝の笛が鳴れば大衆は或る程度まで踊るのである。だが、さうした行き方は少なくともアナルシストの生活ではない。だから自分の存在が人々から認識されない寂寞に堪へられないものはアナルシストにはなりたがらない。現代の程度の社会ではアナルシストが少数であるとしてもそれはむしろ当然であり過ぎる。

しかしそれが迷信である限り、たとひ少数者でも、仮りにたつた一人（そんなことは断じてありえやう道理はない。なぜなら××××××××××××××××××××

××××××であるから）になるにしても、××××××××××は男子の本懐だとしなければならぬ。

アナルシストそれは帝政ロシアの××××され、そして××××××として労農ロシヤで××もされて居る。しかも反動の汚名をさへ受ける。だが××、××、××××××であるか。

主義、信条、思想は外部から×××××××圧力によつても×××××××××××である。

×××××××ア××××××××××。サローン・アナルシストと軽蔑をもつてアナルシスト達から呼び做されつゝあるのであらうと思はれる自分にだつてある。

それは兎に角として私は陰惨に居ても陰惨な事実と反動な事象に就いて考へる性格である。私の生活は貧寒ではあるが陰惨ではないかも知れないが、よしどんなに陰暗であるにしても私は文学としてむしろそれと反対な明るさに就くであらうと想像されうる性格がある。そのためにも数次軽蔑される。

私はエロチシズムに好みがあり、軽快なユーモアに好みがある。「クララ・ボウ論」を書いては同志から歎かれ、「舞踊場素描」を書いては顰蹙された。元より頼まれて、しかも書かねば食へない生活状態であるが故に書いたのであるが、でなくも書くかも知れないのである。職業的×××なら兎に角、私の如き売文渡世のものには大抵のものはかくのも止むを得ないとしてゐる。のみならず、それがいけないとは私は思はない。私にしてみれば×××××に対しては実体的な×××を試みる。文学の如きはどんなに尖鋭化されてゐてもそれは道づれ以外ではないと高を括りたい。実体的運動に熱心であればあるほど文学の局面では力まないと思つてゐる。文学運動の如きは実体的運動に対しては遂に間接である以上ではないからである。運動を文学方面にだけ限つてそこだけで力むものは勢ひその範囲で所謂尖鋭化でも企図しなければ申請があるまいからその範囲内で痛烈を欲するが、実体運動の士ならば却つてタバコ一服位の意味で、文学を軽く取扱ふのではあるまいか知ら。

プロレタリア運動の実際家とプロレタリア文士との文学に対する関心は多少異なる。前者は文学に対してはむしろルーズで後者が却つて峻厳に対するに違ひないと私には思はれる。帰するところ文学は間接的で且つ剰余的である。だから実体的運動の士は社会的には文学をその宣伝で効果の見地から利用的尺度で見るか、でなければ個人的には却つてタバコ一服の程度に取扱ふかのどちらかであらう。

と云つて私は私に属する性情（弱点と云つてもいゝ）を弁護する意思は毛頭ないのである。だからわたしは私の属性とも云へる好み乃至物の感じ方に就いて弾劾されるなら弾劾されても仕方がないと思つてゐる。

だが、アナルシストはそんなにまで窮屈だとは考へない。

若し諸国のアナルシストが潔癖限りなきものとすれば、モスクワ政府がクロポトキンの生家をクロポトキン博物館にすべく計画したときに平気で居たのか。クロポトキン夫人が亡夫の遺物をそのために蒐集したのであるか。

クロポトキンの著作を刊行しやうとする委員会が英国にもフランスにもあつた。前者ではバアトランド・ラツセル、バアナアド・ショウ、カニングハム・グラハム、ヂ・エッチ・ウエルズ並にエドワアド・カアペンタアが、そのメンバアである。「無政府主義の不可能」と云ふ小冊子を書いたショウが無政府主義者クロポトキンの著作を刊行せんとする会の一委員であることに抗議さへなかつたのであるか。

フランスではブイソン、シヤアル・ジイド、シヤアル・リツシエ、レオン・ブルムなどでロマン・ローランが委員長だつた。そしてそこにはひとりのアナルシストもゐない。シヤアル・ジイドはアナキズムを個人主義であると断定し且つよく云つてない教授だし、レオン・ブルムは社会主義政党の一領袖なのだ。のみならずクロポトキンの娘サアラ・クロポトキンはカアメルヌイ劇場の監督タイロフにシスリー・ハツドルストンを紹介してゐる。これもアナルシストの極度の潔癖から云へば非難されねばならないのかも知れない。

だが、わたしは、わたしだけの見解とわたしに分相応の行くべき道がありさうに思へる。

われらは少数だつて、必ずしも少数でなくわたしはひとりだつて必ずしもひとりではない。

わたしにはわたしだけの道があらう。非議と軽蔑とを外にして進むより外はないのであると或る日のサローンで考へる。

書斎に引込んでばかりゐると、時勢に遅れると云ふ感じがしないでもない。しかし、それとても別に気にはならない。時には結構であるとさへ思ふ。

尤も家に引籠つてゐても新聞紙は投げ込まれる。ラヂオはニウスを伝へて呉れる。で、その範囲では時勢には先づ遅れない。ところが、街に出てゆくと、友人たち、分けても、ヂャーナリストの諸君に逢ふと、新聞に出てゐない、云つてみれば、社会の水平線上にまで浮かんでゐないところのニウスを聞かしてくれる。それらはかなり刺戟的でもあり、生動感《せいどうかん》もある。しかし、かなりデマもあるやうだ。世間の噂《うわさ》と云ふものには多少ともデマが含まれてゐるものであつて、だから余りいろんなことを耳にすると、結局事相の真疑《しんぎ》が混雑《こんざつ》して分からなくなるものだ。しかしまた分かつても分からなくてもどちらでもいい場合が多いのだから始末もいいが。

で、どちらでもいいことなら、多くを耳にして混雑の不明に陥るより、初めから聞かないで分からない方が遥かにましだと云へさうだ。わたしは社会の活動圏内《くわつどうけんない》から遠く離れて孤寂《こじゃく》な一読書生の生活に置かれてゐるのに何の不平はない。わたしは学者でもなければ、文士でさへもない。読書生、その言葉が一番当てはまるやうである。さて読書に倦《あ》きると、わたしはささやかな庭に降りる。そして植物の前にしやがんで花や葉を眺める。わたしは植物のやうな生活をしたがるので書物が好きなのである。近所に春秋二季に開かれる植木市がある。わたしは暇さへあるとそこへ散歩する。そしてそこでしばしば花や樹の知識を得ることを楽しみにしてゐる。去年の秋にはあすならう、ひむろ、山査子《さんざし》、錦木《にしきぎ》なぞを知つた。そしてこの春には辛夷《こぶし》を知つた。めこぶしと書いてあるちよつと木蓮《もくれん》とつつじの花とをちやんぽんにしたやうな白い花を見た。

葉のないのと、無骨な枝ぶりとに面白味が感ぜられた。——浴衣を着た丹下左膳と云ふ恰好だね——と友人に云つて二人で笑つた。

わたし達読書生の生活は世間的活動に忙がしい人達からみれば、他愛ないにちがひない。隠遁《いんとん》的にさへ見えよう。政治家、ビジネス街、商業地区の人々、ヂャーナリズムの世界からは特にさう見られると思ふ。さう見られていいのだとわたしは思つてゐる。

わたしは庭前の花卉《くわぎ》に親しむ。まことに規模が狭小《させう》である。小室にあつては本なぞをよむ。そんな書生染みた生活は堂々たる男子の気宇であつてはならないのかも知れない。わたしは太陽の輝くそして若芽の燃え出さうとする森のあたりを散歩することを欲する。

国際政局や内閣の運命に就いて議論し合ふことを好まない。内閣の運命について論議することが男性的で大きな関心であると云ふならばわたしは五月の青空を指して答へる。空がどんなに広く且つ大きいか、と。

わたしはきはめて他愛のないやうな読書生の生活に満足してゐる。だが、読書生としてのわたしは、しかしながら、世の所謂有益の書をよむのではない。恋愛の心理を巧みに描いたやうな恋愛小説を好んでよむ癖がある。しかも恋愛ほど人のこころを錬《れん》磨《ま》するものはない、と不埒にも思ふ。わたしはシユニッツレル、ピチグリリー、その他の作家の描いた恋愛小説を愛読するのである。ラヂーゲのやうな不良少年の書いた小説の卓越性をさへ認めるのである。

一日廿四時間、そのうちから睡眠時間をさつぴいていくらでもない時間であることをわたしは沁々と考へる。

緑の世界になつてゆくときが、読書生には快適なシーズンである。

目が疲れると、窓外にはみどりの触目があるからだ。

光線が明るくなつて、青葉にしつとりと落着ける五月は、散歩と読書のよき季節である。と云ふことは、貧寒な読書生にとつてうれしいシーズンであると云ふ意味である。

※この一文何の雑誌にかいたものか忘れたがわたしの読書観は出てゐる積りだ。

時間

わたしに願はしいことは、時間がほしいことで、明確に宣言してもいい。時間つぶしに来る来訪には全く迷惑と憂鬱とを感じるのである。感情が絶えず激動的で、心持に陰晴《いんせい》があまりに交替《かうたい》しすぎるからで、私は静物《せいぶつ》をしづかな心持をもつて描くやうに、私は、落着いて行届いたデリカな情緒をもつて鏡面の投影をうつしうる心のゆとりを欠いてゐる。朗らかな散歩も、好ましい午後も、よしもつとチアフルなその日のプログラムだつて、客だ、食ふための仕事だ、なんだかだで変更されない日はないかのやうである。ここに書斎がある。前の青い木立に向つて窓。かしこにはサローンがある。窓からは美しい雑木林《ざふきばやし》、太陽が輝いて、光線が匂ひを降らして、風が微笑んでもゐるのに……けふも仕事、そして明日もどうなるか分からない。何時出ていいやら分からない快走艇《ヨット》はコバルトいろの海の代りに、鼠いろの書斎の壁紙に塗りかへてしまふ。このおしまひのところ、少々人には分からないが、たまたま筆者を打つた感傷である。

※「エキストラ文士」の一節。

街と同盟する言葉

或日、街で、紅薔薇の鉢を車の後ろのタイヤの上に縛りつけて走つてゐる一台のタクシーを見たことがある。街を走るタクシイと云ふタクシイがそれと同様に白百合、カアネーション、素馨《そけい》の花……と云つた風にもろもろの花を背負つて右往左往してゐるとすれば、それはどんなに綺麗で、且つ香を撒《ま》くことであらうかと考へた。「詰らぬことを考へる男だね、君は」と云はれようものなら「どうもさうらしいね」と答へる外はなささうだ。

僕はチンドン屋の楽隊に歩調を合はして背後《うしろ》からついてゆくことのすきな人間である。

由来、僕は街を好む男である。だから、暇さへあれば常に何の的《あて》もなしにぶらぶら歩く男である。そして街頭は愉快であると云ふモットオを振り廻はしたがるのである。だが、そこでもまた考へる。俺のやうに、ほんとうに何と云ふこともなく歩き廻はる男があるだらうか。いつもただひとりで、しかも思ひがけない街を歩くなんて、そして街では人を見たり、看板を見たり、拳闘試合の広告、芝居、映画、講演のポスター、夕刊売りの標題《へうだい》、花売娘の顔……その癖あまり劇場にも講演会場にも行かないのだ。

わたしは書斎はすきでも書斎と云ふ言葉はすきではない。書斎は街頭に、または職場に解消すべきである。コーガンが次ぎのやうに云つた言葉を思ひ出す。

——未来主義者達は街上の言葉を作ることをその目的としてゐたにも拘らず、街上の言葉を街路と同盟して作らずに、実験室的な方法でその書斎の中で作つた。——

これはだから駄目さと云ふ意味が含まれてゐるのだ。そして同時に僕らの街頭好きに力づける言葉である。

街頭の修正と云ふことが考へられる。云ひ換へれば社交儀礼《エチケット》の革命である。貧しいから朗らかであり得ないのではない。現代苦はまづ無用の空しき儀礼から薄めねばならぬ。

軽い気持で、ノンシャランで、そして封建遺制的《ほうけんゐせいてき》な、若くはブルジョア風の儀礼を捨て切つた社会には、どんなに街が愉快になるかと考へられるのだ。

時代が必然に生む街の言葉に聴くがいいのだ。

※『キオスク』といふ小雑誌に載せたもの。

世界的なもの

わたしは最近になつて、世界的といふことを新しい照射《せうしや》で考へるやうになれたのを愉快に思つてゐる。佐久間象山《しやうざん》の言葉に「予年二十以後、匹夫有繋一国、三十以後乃知有繋天下、四十以後乃知有繋全世界」といふのがある。それによると象山《しやうざん》の気宇《きう》は段々大きくなつて行つた訳だ。そして象山は世界的な眼光をもつ偉大な人物といふ気持でゐたわけだが、わたしからいへば風船が空気と共に膨れて行つたやうな考へ方はきはめて幼稚《ようち》なものだと思つてゐる。五大洲に繋がつてゐることの考へ方なら今日のものなら悉くさうである。

われわれはロンドンからマクドナルドの演説を聴いた。エチオピヤから呉れたライオンを上野へ見物に行つた。エチオピヤにお嫁入りをしようといふ女性だつてあつた。さうなると、象山のやうに、なにも力味返つて五大洲に関係があることが分かつたなぞとわざわざ見得《みえ》を切る必要はないことになる。科学の発達で世界は日増しに短縮《たんしゆく》される。明治初期の人が鹿児島と青森との間に持つた隔地的感覚《かくちてきかんかく》よりも今のわれわれがロンドン、ベルリンその他どんな世界の隅とでもをつなぐ隔地的感覚の方が少ないのである。ジュネーブの会議で討論《とうろん》する機会をもつただけでその人がなにも世界的人物になつた訳ではない。今となつては世界的といふことの意味を取違へないことが必要になつて来たのである。

世界的なものとは世界に向つて瞳孔《どうこう》を散開させたり、世界の風物を見物したり、世界的な討論競技に加はることから生れるのではなくて、却つてその反対に世界を見聞せず、井戸の蛙《かはづ》と嗤笑《しせう》されるやうな狭隘《けふあい》なところから生れるのではないかと思ひ出した。

古い時代のローマの工匠《こうしやう》は自分の住む街と、心を籠めて研究し愛撫《あいぶ》した古代の彫刻の破片だけしか知らなかつた。アナトオル・フランスの小説によるとフイレンチェを繞《めぐ》る丘が彼等の眼と心の世界を塞《ふさ》いでゐたのだ、と書いてある。それにも拘らず、彼等工匠は世界的なものを製作した。後代に残るといつたやうな吝《けち》臭い望みは微塵《みぢん》もなく世界的にならうなぞといふが如き低級な考へ方がなかつたのだが、世界的になつた。わたしはその意味での世界的といふことについて考へるのが、今日としては気の利いた見識ではないかと思つてゐる。

日本の浮世絵は世界的のものになつてゐるが、浮世絵師は何も世界的にならうと思つて描いてはゐない筈だ。世界の人々がその人を知つてゐることがなにも世界的な訳ではない。

われわれにだつてお金があつて世界の隅々《すみ》をぶらぶら漫遊《まんゆう》してゐれば、世界各地にお友達も出来よう。しかしそのためにわたしは決して世界的になつた訳ではない。

若し外人が来て一番逢ひたい人があるとすれば、それは日本の事情(歴史なり風物の)を研究してゐる人であらう。

日本の各方面での相当の人物が直ちに世界的人物ではない。よし彼等がロンドンの経済会議に往かうが日印会商に行かうが、日本の土地を離れたこともなく、日本の大都会も知らず、専ら山間の僻村《へきそん》にゐても世界的なものは世界的なのだ。すると、世界的なもの若しくは世界的になるものは地味なもので、ひたすらその仕事だけに没頭専心してゐるものが創造することになるのである。その意味での世界的が閑却《かんきゃく》されて空疎な世界的が持囃《もてはや》されてゐる誤謬を訂正したいものである。

※『中外商業新報』に発表した随想の一片。

批評家の生活

しばらくこの『冬柏』に寄稿することを怠つてゐましたが、無作法なものを書くわたくしですから、兎角の遠慮も手伝つてゐました。

わたしは元来文章を書くことに自信もなかつたのですが、このごろはわれながら拙いといふことがはつきりと分かつて参りました。これまでに少しも文学らしいものがかけてもゐないのに、人々なら漸く円熟《ゑんじゆく》の域に入るべき年配になつてわれながら拙いと悟つたのですから、悲しむべき滑稽と申さなければなりません。しかしわたしは自分の書いたものを何一つ遺《のこ》さうとは冗談にも思はず、遺るものでないことをもよく存じてゐますので、今では却つてそれをいいことにして、わたしは何もかも綺麗薩張《きれいさつぱり》と、初めからなかつたものとしてこの世の中から消えてゆけることをよろこんでゐるのです。生きてゐる間だけの存在ですから、それが済めば映画が終つた跡の白い幕のやうに、何の影も残さないものになるのに違ひありません。

或る日、わたしは兎にも角にも批評家といふことになつてゐることを不図《ふと》思ひ出した時共に、批評家とは如何にあるべきかを考へてみました。

批評の仕事は理性的であらねばならぬ。理性を透徹させるためには、思索に忠実であらねばならぬ。そして理性をよりよく生かすためには、健康も必要だと思ひました。不健康だと気分がわるくなる。その気分のわるさに支配されると、批評が理性的には乱れないとも限らぬ。そこでわたしは健康のためにとあつて、規則正しい生活をもつことにしました。夜は九時ごろ、遅くも十時には就寝することにしました。さうなると、夜の会合には自から疎遠《そえん》になつて参りました。しかしそれも仕方がないことと思つてゐます。

批評家は、批評の対象についてよく知る必要はあるが、人を多く知る必要は先づない、といふことです。人を知ると、その人の書いたものを批評する場合に、人に伴ふ感情がまじり易い。それはよきにつけ、悪しきにつけ、理性的正確さを十分に発揮させることを妨げないとも限らない。この種の感情の介入《かいにふ》をわたしは避けなければならないと思ひました。

第三に、批評を正しいものにするためには、それだけの用意が要ると云ふことでした。調べたり、考へたりするのに、時間が要ることもその一つですが、さうなると批評家は世の社交家のやうに振舞つてはゐられない。まして放蕩紳士《ほうとうしんし》のやうに、享楽に時間を訳もなく掻き消して過ごす訳には往かない。でも、わたしがもしも作家だつたら、体験を豊かにするために、さまざまな生活経験を敢て試みるかも知れないが、批評家にはまづその努力は要なしと思ひました。

さて、わたしはこれまで怠けものでしたから、引込んで勉強する必要がある（批評家として）と思ひました。そんなことは取立てていふほどのことでもない、至極尋常の話です。だのに、わたしがそんな訳で少しく引込んだ生活を遣り始めると、友人たちは不思議に思つて、逆に慰めて呉れたり、元気を出せと云つて鼓舞《こぶ》してくれたりするのでした。その好意はまことに有難いわけですが、わたしが街や会合にこれまでのやうに現はれなくなつたのは、消極的になつた訳ではなく、見ようによれば、やつと積極的になり出したとでも云つていいのではないかと思ひます。

昔、よんだことのある独逸の作品に「侍医」といふ一篇がありました。篇中の主人公は、快活で、明るい性格の持主であつたために、お茶の会や舞踊会そのほか陽気な会合にはきまつて招待されるのでしたが、その癖、病人があるからと云つては決して呼ばれない医者でした。わたしは快活でもない性格だのに、明るい人間かのやうに受取られてゐるので、遊ぶことや会合、特に弥次的《やじてき》要素を必要とする会合には、誂向《あつらへむ》きと云つた風になつてゐるらしい。

そのために、至極尋常なこと、人並《ひとなみ》に机に凭るともう滑稽なことになるのであります。しかし、可笑しがられても、自分のきめたシェジュウルに従つてゆくことにいたしました。

批評家とはどんなものかと思つてみたばかりでいやに窮屈らしくなりましたが、それだからと云つて街の明るさや、若い環境がきらひになつた訳ではありません。実はこの文章も、新しい環境に咲く、なにかしらの現象を書いてみるつもりだつたのですが、ついこんな羽目《はめ》に陥つて仕舞つたことを御勘弁下さい。

※『冬柏』に「批評家を語る」と題したものを、『生活読本』故に「批評家の生活」と改題した。『冬柏』は与謝野晶子女史達の雑誌である。

街の銀幕

早春のころから、わたしは閉ぢ籠《こも》つては柄《がら》にもなく薫香《くんかう》「梅ケ香」なぞを燻ゆらして調息静坐《ていそくせいざ》する日が多くなつて行つた。街頭ではファッショについての話題が盛んであると聞いた。

わたしは戸外の風潮《ふうてう》をよそにして、ひたすらに古典の文芸書に親しみを持ち始めてゐた。

たまたま外出すると、作家の某氏がわたしを捉へて云つた。

「あなたの最近お書きになるものを読むと、ひどく悟り澄ましてゐることが窺《うかが》はれますが、それは若干《じやくかん》さびしいですよ。思ふに文芸の姿とも云ふべきものは、容易《たやす》く悟れないで、のたうち廻るところに妙諦《めうてい》があるのですからなあ。だのに、あなたの最近にはあまりにも諦観《ていくわん》が見える。いや、絶望的なひびきさへが感じられますよ……」

彼はさう云つて萎《な》えたわたしの心を激励《げきれい》して呉れた。

さう云はれてみると、さうでなくも無ささうだと云ふ気もした。

だが、わたしにしてみれば、これまでにもち続けて来た心情《しんじやう》と環境《くわんきやう》とにあざやかなカットをしてみようとしたのであつた。そこで静坐し、調息《てうそく》しつつ禅房生活《ぜんぼうせいくわつ》の真似事《まねごと》みたいなことをして心持の転換《てんくわん》がいくらかでも望まれたならと思つたのに外ならぬ。

『エス・ボナアルの罪』を読む。

古い写本を探究《たんきう》する老学者についての退屈な記述を丹念《たんねん》に読んで行つた。そしてわたしは退屈するやうな本を退屈せずに読んでゆくことがとても好きになつた。と同時に、われわれも退屈するほど混《こ》み入つたことが書いてみたいと思ひ出した。まことに奇妙《きめう》な反動である。そしてわたしはさうした転向《てんかう》をむしろ喜びたかつたのである。詰り、いつの間にやら、わたしは単調な生活を送りつつ、退屈な本を読むことが習慣づけられてゐたのである。

それと共にわたしは人を滅多《めつた》に訪れなくなつた。

芭蕉の言葉――「人来たれば無用の弁あり、出でては他の家業を妨ぐ」

その言葉がよく浮かんだ。

だが、わたしはなによりも散歩が好きであるが故に、散歩だけは怠らなかつた。

ヒンデンブルグ元帥を年若くしたやうな、身体の大きいドイツ人がよくわたしの家の前の道を散歩して通る。

彼はいつも犬を連れてゐる。

わたしはいつもひとりである。

わたしは家居して退屈な書物をよんでゐるのとは反対に、散歩に出ると快活《くわいくわつ》そのもののやうな若い女性達に逢ふ。わたしは彼女達をジャンヌ扱ひにして、自分自身はシルヱストル・ボナアル気取《きどり》にもなつてみる訳だが、こちらはボナアルのやうな学者ではなく、そして彼女達はジャンヌのやうにおとなしくはない。それにわたしは彼女たちが何処に住んでゐるのか殆んど知らない。訪ねて来ることもないし、訪ねて行く訳は無論ない。

ばつたり、道で出会ふ。そしてその次ぎにはいつ何処で逢ふのか分からないのである。それでいいのである。

枯淡《こたん》のうちに退屈な書を好んでよみつつあるわたしにも、街の散歩にはいろんな人生の女優が飛び出して来て、演技を見せてくれる。

だから、街上はわたしにとつての銀幕とも云へるのである。

※雑誌『冬柏』所叢。

林檎畠にて

身体にも、心にもなにかしら疲れを感じたので、わたしは津軽新城の山で林檎畠を経営してゐる友人のところへ出しぬけに行つた。まつたく何年ぶりである。

山の傾斜三町歩ほどの地面に三百本あまりの林檎樹がある。その中をわたしは毎日何回か散歩しては樹や草を観察したり、東京に於けるわたし自身の生活や生活態度をきびしく反省することにした。

しばらく、といつても、かれこれ十年近くにもなるであらう。その間にこの前来たときに知つてゐる林檎樹がひどく大きくなつてゐるのをみた。そして林檎が枝もたわわに実つてゐたがその中で袋を取り除けたのは赤く色づいてゐた。その新鮮な赤さは実に見事で、街の果物店の店頭では見出せないものだつた。血色のいゝ少女の頬や唇の赤さであつた。

林檎樹の下に、鶏舎がいくつかある。その中に七面鳥も飼つてあつたが、七面鳥の雄は傲然と威張つてゐると思つて沁々眺めた。孔雀が羽根をひろげてこれ見よがしに、誇らかな態度をするのは、或る種の贅沢な婦人のことが思ひ出されてならなかつた。

わたしはその時思つたのであるが、神といふものがあるとして、そして神が創造する生きとし生けるものであるとすれば、何だつてああも倨傲な態度をもつやうな恰好に、七面鳥をしたものであらうと。何故に鳥とか獣物とかを穏かで、謙虚なものにしなかつたのであるか。しかし、鳥獣についてばかりそんなことはいへない。人間だつて倨傲なもの、意地悪なもの、非道いものはいくらでもゐるのだ。

そんなことを思ひながら、わたしは歩を草むらの方に移して行つた。草むらにはいろんな花があつた。女郎花、桔梗、ぎぼうしゆ、撫子、山百合、藤袴、萩、……秋の七草は殆どあつた。山の中のそれらの野生の花は好ましい感覚をわたしの胸に流し込んで呉れた。

白樺の木も多く、アカシヤも多かつたが、さうした種類の樹木の少ない南国に生まれたわたしは、わけても、白樺の並木なぞを見ると、何となく清新な感じがしてすきになれるのであつた。

友人の経営してゐる果樹園は、林檎が主ではあるが、桃、葡萄その他の果樹も多く、草花もあれば、家畜もゐる。山羊は搾り立ての乳を供給して呉れる。朝、珈琲の中にその乳を入れてのむのはうまかつた。

わたしは静養のために来たので、精々東京の生活を忘れることにして、草木や家畜に親しむことにした。

丘の上に運動場がある。そしてこゝは芝生で蔽はれた相当ひろい平地であるが、わたしはそこへ行つて北の方を毎日眺めた。青森湾は涼しさうな藍いろを湛へ、左の方、津軽半島の山々がうす紫いろをしてわたしの眼をよろこばしてくれた。

この前来たときは、右手に八甲田山が見えたのだが、十年以前に来たとき小さかつた落葉松が高く茂つてその眺望を妨げてゐたのは何となく目ざはりであつたが、それと共にさうした樹木をそれほどまでに大きくした歳月の推移には幾分の感傷がない訳ではなかつた。

近くのスキー場にも行つてみた。県庁、高女その他のスキー倶楽部の山小舎が閉めた儘になつてゐる。元より誰一人そのあたりには人のゐる筈はなく、シヤンツエのあたりには桔梗や女郎花や萩なぞの秋草がきれいに咲き乱れてゐるだけだつた。わたしはそこに腰を降ろしてタバコを吸ひ、麓の白樺の並樹を眺めて時を過したりした。

山の朝晩の空気はとても冷涼だつた。朝は早く起きて散歩した。

昼間の散歩には老鶯の囀るのを聞いた。夜は何度も戸外に出て、星を仰いだが、毎夜のやうに星を仰いで考へることは幾年となくなかつたことである。

ラヂオはなく、新聞はつとめてよまないやうにして毎日を過した。活字から来た疲れを医やすのは、当分活字から離れることだと思つたからだ。

夜の山気は冷々として快かつた。草叢には早くも秋の虫が鳴いてゐた。わたしは夜涼のなかに佇立し、星をあかず眺めながら、われ〳〵がもう一度考へ直さなければならぬさまぐ〵の問題について考へた。

それは外でもない。駸々乎として進んでゆく現在の文明が、人間の生活にとつて重要な物の考へ方をかなり取残して行きつゝあるのではないか、と考へたからだ。

鮒を釣る卓

「複雑怪奇」といふ言葉を使つて、ある時期の欧洲事情を表現した人がある。さういつた風に云ひ現はすなら、「私の生活」の如きは「単純平板」の著しい例である。それがいゝとは別に思はないが、自然にさうなつてゐるのだから仕方がない。

わたしは自分のことを読書生といふことがある。しかし、実をいふとさう読書もしないのであるから、読書生とはいへない訳だ。それに読書といふことも一つの努力で、タバコをのんだり、居眠りするやうに楽なものではない。

わたしは読書する習慣をもつてゐない。近ごろ街では、街の外交論がさかんである。倶楽部や新聞社の給仕たちも大に外交論をやつてゐるときいた。わたしも街の外交論者の仲間入りをするつもりではないが、ヒユツクラアの「英国は如何に強いか」とか、リチヤード・キイーン編纂の「独逸——次ぎに来たるもの」とかと云つた時事問題の本を買ひ込んで来た。が、依然嗜慾が起らないのであつた。このごろ心の牽かれてよむといつた書物もないが、それでも、わたしは何かしらよんでも居る。何もよまぬのではない。

朝の感覚は四季を通じてわたしには好ましい。朝の間に不愉快な感じをもつことはついぞない。新聞をよんでも、本を見ても、机についても気持ちがいゝ。これは夜の眠りによつて疲労が取り去られてゐるためであらう。

十一時ごろになると、少し疲労が差して来る。午食後になると、眠くてとてもやり切れなくなる。この疲労のときに浮ぶ思考は大凡不健全なものである。寂寞感、孤独感は詮ずる所疲労の所産であつて、健康であれば他人からみては孤独のやうに見えても当人は少しもそんな無用の感覚は持つてゐないのである。他人からみると、昨今のわたしなぞは孤独に近い生活のうちに算へられるかも知れないが、わたし自身は少しもこんなことを感じたことはない。

来訪者もなく、街に出かけて知人に逢はないのも呑気で、さつぱりしてゐてい ゝ。若しわたしが人気俳優ででもあるかのやうに人の目を惹く存在なら、わたしはとても嫌な気持に支配されるに違ひなからう。

エネルギーが減退し、読書執筆がスロー・モーションになつて来た今日このごろではわたしには何といつても時間が大切だ。車中で本をよんだり、どこででも文章を書くといつた器用な芸当は出来なくなつたし、したくもなくなつたから、ちやんと机に凭り、ゆつくり読み書きをするための書間が自然大事になつて来た。さうなると、孤独だなどといふ余計なことを考へてゐる暇はない。疲れたら午睡し、憩ひをとつてまたぼつ〳〵初める。そののろい仕事振は能率的ではないが、魚釣と同じで楽しいものだ。魚を釣るのは大概一人でやつてゐる。他人が土手の上からみると、一人ぽつねんとやつてゐるのだから、孤影悄然の形だが、太公望の当人はこんな風には考へず、悠々と楽しんでゐるのだ。

鮒つりをしてゐるのと、同じ気持でわたしは毎日机に向つてゐるのだ。魚が釣れる釣れぬが魚釣人には問題でないやうに、原稿がかけるとかかけぬとか、本が十分に読めるとか読めないとかが問題ではないのである。

そんなわけでわたしは非社交的になつてしまつたが、魚釣りに社交的といふことはないわけである。

或る日の午後、その日は如何にも秋らしい曇日であつたが、ぶらつと森の方へ散歩に出かけた。そよとの風に病葉や朽葉が散つた。あれでいゝのだ。人間が病気や老齢で死ぬのもそれと同じで、そつと音なく消えてゆけばいゝのだ。木の葉の散るときに、死亡通知をしたり、葬儀をしたりしないではないか。しかし朽葉は土壌となつて新しいものを培ふのだ、といつたやうなことを考へた。

わたしは夜は絶対に勉強をしなくなつた。出来なくなつたからだ。一日鮒釣りのやうな勉強をしてゐると、夜に入ると眠くて耐らないからである。それから毎夜のやうに新宿に出かける。大抵は映画館で時をついやす。映画を見ながら居眠ることさへある。が、それも甚だ好い気持である。映画を大して意味づけてみるわけでもないが、人と話してゐるよりも、映画をみてゐる方が楽だ。帰りに珈琲を一杯のんで帰宅する。一日中うちにじつとしてゐると、何といふことなしに夜が来ると外出したくなる。少しは運動する必要があると無意識に思ふのかも知れぬ。外出しないときは、宵からさつさと寝て仕舞ふ。

僕と雖、欧洲の動乱なり、事変処理なりに対して何かいへないこともないが、僕がそれをいつたところで何のたしにもならないことを知つてゐるからあまり云はないのだ。時偶街に出て諸家の意見を拝聴すると眩しいほど話が大いので面食ふ。だが意見をきいてゐて、そんな気もするし、また、そんな気もしないのである。

持つて生まれた子供のときからの性質といふものは、持つて生まれた顔のやうに変らないものだ。わたしは臆病で内気な子供であつた。今になつて気が小さいなぞといふのも、みつともない話だが、しかしさうであるのにさうでないかのやうにいふのは虚栄心である。

若い女のひとの虚栄は美しい着物や高価な持物なぞに現れるので、一目瞭然だが、男の人が内心ひそかにもつ虚栄は形がないから、比較的分り難い。

他人様のことはいはない。わたしについていへば気が小さかつたり勇気がないこと、その他無数の感心しない性質があるが、それらがないやうな顔をする虚栄心だけはもちたくない、と思つてゐる。

遺憾なことではあるが、わたしは凡人である。字引をみてゐると、「深人浅語なし」といふ文句を見た。いゝ文句である。しかし、自ら顧みると、私なぞは毎日浅語の連続である。深語は出さうもない。深人ならそれは自然に出るが、深人でもないのに浅語でないものを吐きたいと思ふなら、それは多分虚栄であらう。

わたしは、しかし、凡人でも凡人だけの持分をよく守つてゆけば無駄ではない、と信じてゐる。凡人は困るといふ人がゐるなら、世間の多数は凡人なのだから世間は困ることになる。聖人許りが住んでゐたり、英雄許りが生棲してゐるのは、人類の理想かも知れないが、さうなると一体どんなことになるだらうと、私は考へる。それは不可能なことだとすれば、善良な凡人の多い社会を希望するのが、最も健康な思想である。そしてそれこそ好ましい風景だと思ふが英雄に誰でもがなれないやうに、善良な凡人もまたなか〳〵むづかしいのではないか。むづかしいから、善良な凡人は即ち一種の英雄といふことにもなるのだ。

それにしても善良な凡人になることは、英雄とか天才とかになるよりは楽だと思ふ。英雄なら臆病であつたり、気が小さくては困るが、凡人ならそれも許される。たゞ心がけよく、与へられた仕事をこつ〳〵やつてゐればいゝからだ。如何に気の小さい私にでもそれだけは出来る。

わたしは毎日をそんな風にして送つてゐる。豆の如き小胆を胆斗の如くする工夫は特に講じないが、与へられた義務、すべき仕事をしてゆくだけでお勘弁が願ひたいものだと思つてゐる。事実、役に立つことは日常の些事を忠実にやつてゆくことである。正直に物を云ひたい。あるが儘の性質を虚栄の心で補修したくはない。わたしは大言

壮語がきらひだ。それは時代遅れの遺風である。(少くとも凡人にとつては)
以上がわたしの凡人私語である。

晴日の書窓にて

能田村竹田翁が梧窓煎茶図の題語として書いたといふ煎茶賦を正宗得三郎氏の随筆を通じて読んだ。わたしはどの角度からいつても趣味人ではない。だから、枯淡掬すべき右の煎茶賦のもつ雅懐をその儘感心したのではなく、胸を打つたのはその中のところぐ\の文句であつた。就中「交遊漸絶」といつたやうな文字がわたしの身辺にぴたつと合ふのを沁々感じたのであつた。

「交遊漸く絶え」全くわたしもさうである。だが、それはわたしにもさうであつていゝ時代に達したのであり、また、願はしいことでなくもないのだ。

無理な仕事は出来ないし、したくもない。談論風発もわたしの好みではない。静かに身体を劬はりながら、自分にでもなしうる仕事をコツ〳〵やつてゆく。それより外に仕方はないことを自分でもよく知つてゐる。さうやつてゐても元より大したことの出来ない身が、世の精力的な活動家のやうなことをしようとしたら、それこそ何も出来ない許りか、身体が参つて仕舞ふであらう。それに一日の時間といふものはさう豊かなものではない。コツ〳〵と何かしてゐると直ぐ過ぎ去る。それを知つてゐるが故に談論風発や社交に精力と時間とを費やしたくないのである。尤もこれは精力の乏しいものの要慎からかも知れない。

さういつた訳でわたしの身辺は冬の日のやうに枯淡である。だが冬でも雨の日でもなければ薄曇りの夕ぐれ時でもない。少くとも晴れた日の感じをもつてゐる、竹田翁の賦のうちに「連晴彌ゝ旬、」とあるが、それほどでもないが、晴れた冬の日の感じである。わたしは如何に交遊漸く絶えやうが、閑孤であらうが寂しい気持や陰鬱はないのである。

檜の簇葉の上に空は青々と晴れ渡つてゐた。どこの国でも梢と梢に照る太陽とは同じである筈だ。芬蘭も、チロルも、ノルマンヂーもと思つた。それは同じだけれど、地上の生活がそれぞれに違ふだけだ。わたしは読書に疲れるとすぐ裏の寺の庭に立ち、聳えてゐる杉や檜を仰ぎながら青い冬の空を見て、地球上のどこもこの点が同じだと思ふのである。それは気宇高朗の境地である。

晴日の午後、南窓に面して、例によつてコツ〳〵と亀の匐ふやうな読書をやつてゐるとわたしはよく郷家のことを考へる。同じやうな南向きが連想を誘起するのだ。さうなると村に居るやうに一層気が落付く。

午後の日がかげつて寒さうな風が強く前庭の竹に音を立てゝ揺り動かすことがあ

る。その投影が地面で激しく乱れ動く。しかし、それも好ましい。それを硝子窓を通して眺めるのは「交遊漸絶」のわたしにはまことにふさはしい情景だと思ふのである。

わたしはまた静かな流れを考へる。時そのものは静かな流れである。

事実、静かな流れは音もなく、波も立てず、静止してゐるやうでしかも絶えず動いてゐる。

ある日は燦々たる太陽の光を浴びて流れてゐる。それはたしかに美しい。或時は両岸に緑草の影を蘸してそのゆるやかさに色彩を点ずる。静かな流れを前にして思索したいといふ要求に駆られることがある。

激動の世界であり、緊張状態にある日本ではあるが、その間に在つて静かな流れの観点に立つて深く考へる必要も大にあるのではないか。

人或はわたしのきわめて消極的にもとれる考へ方をじれつたく思ふかも知れない。しかし分を弁へ、よし性来の賦性薄きにもせよ、その分を生かさうとすることが何で消極であらう。

天分の問題を正しく見究めることの必要こそ、或は今日に於て最も大切なものだといへるのではあるまいか。大凡天分にたいする錯覚乃至誇張にこそ憂ふべきである。

わたしは微小にして平凡なわたしの生活と身辺とを寂しがらない。

自分だけの賦性を小さくとも生かす努力が何で消極的であり卑少であらう。

わたしの賦性微小だが、わたしの日常生活も常に貧寒であつた。今日事変後の生活に物資の欠乏を兎や角いふ向きもあるが、事変前から貧寒を平生とするわたしにはさう刺戟をうけない。ある意味から、衣食住の考へ方に於て世間がわたし達の普段に接近したやうで気楽でさへある。

わたしは大凡金のかゝらない生活の持主だが、今となつては一層かゝらない。海外の新刊書が買ひ難くなつただけでもさうである。

で、少しの余裕があれば健康のために使用することにしてゐる。身体を健康にすることで、わたしに出来るものは何でも遣る。よしそれが子供らしいことであつても。

微小な存在の読書人はさうした健康への留意とコツ〳〵と仕事に従事するより外はない。わたしの身辺の感想とは以上のやうなものである。

或る日に思ふ

或る日、東京女子大の学生が講演に来てくれと頼みに来た。いかにもスポーツ好きらしい女学生で万事が爽やかであつた。で、わたしは「あなたはスポーツをおやりでせう」と訊くと、彼女は女学校時代から籠球の選手でよく神宮外苑の競技場へ出場したと答へた。

「運動は好きですわ。運動をした後の気持つたらありません」

わたしもこの気持を尊重する点では人後に落ちない方なので、

「よろしい、講演に行きませう」と引受ける気になつた。

わたしはスポーツにあまり喧しい目的論をくつつけて考へない方である。

発汗して、快活になつて、一切の陰影を憂飛ばしたあの気持、そこに一切が含まれてゐると思ふ方で、それ以外に何も考へない。ところが体育論をする人々はどうかすると理屈が多過ぎはしないかと思ふ。

力点を置くべきところを案外閑却し、末節のところに堂々たる所説をくつつけはしないかとわたしは常に思つてゐる。

或る日、今度の欧洲大戦で俘虜になつたドイツの兵隊たちが、彼等を俘虜にした英国人とフツト・ボールの試合をしてゐる写真を見たことがある。この写真はいろ〳〵の意味でわたしに物を考へさせた。全く面白い写真である。

或る日、わたしはこんな風に考へた。元より余裕のあるわたしではないが、少しでも使つてい丶金があればそれを悉く健康のために使つてやろうと思つた。そして幾分でも、何らかの点で、健康を損ふ作用をするものへの使途を禁止して、少しでも健康とか体育とかのためになるものに差向けたい。

そこで、具体的な問題としてどうするかを考へた。

或る日、わたしは松原湖の深夜――尤も松原湖に限らない。どこでもスケートの出来る山中の湖水ならい丶のであるが――蒼くも凄く照らす寒月の下でスケートをやつたらと思ひ出した。この幻想をある新聞に書いたものの、さて弱つた。何故ならわたしはスケートが出来ないからである。ところで、金があれば健康のためにのみ使ふといふ声明の手前、止せばい丶のに、スケートを習ふといひ、嘘と思ふものがあれば新宿伊勢丹のスケート場へ来てみろ、やつてゐるからといつてしまつた。

或る日、子供達がわたしを誘つて、友達と大勢で、山王下のスケートリンクへゆくのだから親爺附合へといふ。丁度わたしを入れて十人、女の子五人、男五人で出かけた。わたしを除く男達はみんなうまかつた。中には帝大のアイスホッケーの選手もゐる。女の子達は初めてのもあり、何れも初学である。わたしは先づ階上の観覧席で見物してゐたが、そこでやつてゐる連中は概してなかなかうまく滑走、風を生じ、まつたく壮快だつた。尾崎咢堂さんは八十を過ぎてのスキーヤアだ。自分だつてスケート位はと思つたもののその日は兎に角遠慮した。

或る日、スケートのうまい女の子にこの話をしたら、「スケートなんて若い男女のするものよ。あんたのやうなお年寄りがしちや可笑しいわ。」といつた。

可笑しいかも知らぬが、可笑しくてもいゝ、わたしに出来るものなら断じてやるつもりである。が、生憎出来なかつたからその日は遠慮しただけの話で、苟もなしえられる体育なら他人からみてどんなに子供つぽく見え、可笑しく思はれても敢て断行し、余裕の金があれば悉くそのために投ずるといふ声明に変更はないのだ。たゞ問題は何が可能であり、適宜であるかといふことだけである。

或る日わたしは考へた。わたしは一切の室内遊戯がきらひだし、出来もしない。五十を過ぎれば大抵の人がすきになるやうな盆栽とか書画骨董の鑑賞とかといつたものもわたしの好みではない。いや永久にさうなりさうもない確信がある。

たゞ、発汗をして快いスポーツ後の感情を味ひたい。それだけだ。

人々の間にはいろいろの会がある。例へば明治八年に生まれた名士達が同じ年に生まれたといふだけの理由で交歓してゐる。だが、中年、老年の間に体育とかスポーツを中心にして集まつてゐる会のあることを知らない。そしてそれがあるにしても、昔スポーツをやつた人々がO・Bとして同じやうな仲間が寄るだけだ。彼等はヴエテランである。

が、わたしの考へるのは、中年、老年にして体育意識が毫も消磨せず、いや、益々熾であるくせに、何も出来ず、しかもこれから遣り出さうといふやうな連中が集り、どこまでも気の若い、むしろ、子供つぽい会が出来ないものかといふことだ。

或る日、平沼亮三さんの還暦の祝ひの運動会に後藤文夫さんや平沼さんが駈つこをしてゐた。甚だ愉快である。しかし、彼等は元々スポーツマンであり、ヴエテランである。ところが、少青年のときにスポーツに親まず、老ひて却つてそれをやりたいといふ連中がランニングをやれば、もつと愉快なものになるのではあるまいか。

少しでも余裕があれば、時間でも金でもスポーツに費やしたい。それがわたしの方針である。尤も過ぎたるは尚及ばざるが如しといふ注意はある。適宜、適正の標準はどこまでも失つてはならぬが、とにかく適当な体育はしたい。目的はない、長寿とか、健康とか、仕事の能率を上げるとかといふやうなことを考へてやるのではない。気持がいゝからだ、たゞそれだけだ。体育協会といふ名をわたしは爽快協会としたい位である。爽快のもつ世界観乃至倫理、それがわたしには何よりも好ましいのである。

朝の風、晴れた空、爽快な人間の気持――わたしはさうしたものが正しく物を考へさせてくれるやうな気がするのである。

生活の楽しさ

生活のたのしさはいつ如何なるときでももてるし、また、もたねばならぬ。それは多分生活をたのしく解釈することからはじまると思ふ。

今のやうな時代に生活をたのしく解釈するなどは不心得だといふ人があるかもしれないが、わたしは逆にそれが必要だと考へるものである。どんな場合にもほがらかであつてこそ大国民だと思ふ。

生活と一口にいふが、これは意味深い豊かな言葉で、単に生計のことだけではないのはもちろんである。人間の生活が生計だけであるといふ考へ方ほど味気ないものはない。もし、さうだとすれば富めるものには楽しみがあるが、さうでないものには全くないことになる。しかし貧しくとも、楽しくありうるのだ。生活の意味のひろさはそこにある。

わたしの郷家の扁額に「知足心則安」と書いてある。足るを知ることは、小成に安んずる意う。多分生計的な配慮の拡大に終始するのが落ちだらうから。

生活なんかに少しもビクつくに及ばない。わたしは買溜する余裕がないが、あつたとしてしたくないのだ。物資がなくなり、食ふものがなくなれば仕方がないから、わたしは飢ゑる覚悟である。ところでこちらは悲壮にも飢ゑる覚悟をしてゐるのに、そつちこつちで買溜をしたり、売惜みをしてゐるのでは、わたしの飢ゑる覚悟は、少々弛緩せざるを得ないではないか。

それにしても生活をたのしくするように考へることは、何としても努力しなければならない。

その人を考へると自から楽しくなり、陽気になるといつた人たちが沢山ゐることは全くのぞましい。どんな場合をも陽気にする男、あの男のことなら愉快に笑つて戦つてゐるだらうとか、彼ならどんな経済的不安にも笑つて対処してゐるだらうとかと思へる人間の多いことは勇気を与へる。

楽しく物を解釈することは美徳であり、勇気であり、エネルギーである。さうすることが人人の理想であり、国民の理想であり、人類の理想である。

世界の人々で、日本人ほど楽しく物事を考へる国民はないといふ定評をもちたいものだ。

「必要にして十分」なだけで人の生活は沢山である。少々位不十分であつても解釈の如何で豊かにもなる。

わたしは珈琲が好きだが、今日となつては他のものを混ぜた所謂スフ入珈琲でなければほとんど飲めない。しかしわたしはそれをたのしく解釈する。刺戟が少ないので夜の眠をさまたげられることもないであらうと。

生活をたのしくするには、生活をよく考へることだ。微妙な、行届いた考へ方を生活について絶えずもつことだ。生活は朝の風にも、太陽の初光にも、空のいろにも、樹々の姿にも、季節の推移にも併せ考へられる。人との干渉にも、社会の情勢にも、時代の動きにも悉く照応して解釈される。そしてそのいづれの場合でもせいぐ\たのしく解釈するように努力するのが大切だと思ふ。わたしの考へたいことは、日本人は世界のどこの国人よりも楽しく物を解釈し、楽しく生活する人々だといふ通り相場になつてほしいことだ。かくの如き明朗な大理想を誰もが強調しないのはいさゝかさびしいことである。

生計さへ立ち兼ねてゐる状態でどうして楽しく物が解釈出来るかと駁する人があるかも知れない。だが、さう考へたがる人たちは生計が立ち得ても生活を楽しく解釈したがらないであらう。

人生老い莫し

新しいことゝは何であるかそれを考へてみたい。

新しいといふことだけで良いものが沢山ある。新しい魚、新鮮な野菜といつたものがそれである。しかし、牛肉になると血の滴たるやうなものより若干時間を置いたものゝ方が良いと云はれてゐる。

書物になると、新しいもの必ずしも古いものにまさらない。

若いだけの理由で、青春の特徴を主張したがる青年がある。わたしが問題にしたいのはその点で、青年だから誰もが常に新しいのではない。青年の癖に随分古い考へ方をしたり、蒼古の趣味をもつ人達だつて少くはなく、それと反対に肉体的には老いても、思想と感情とが決して衰へないばかりか、益々新しくありうる人達がある。

大凡老を喞つほど無益なことはない。徒らに老を歎ずるより王羲之の如く「老の将に至るを知らず」とけろりとしてゐる方が感じがいゝ。それに「礼記」といふ本には「七十を老といふ」とある。七十歳以上でなければ年寄りとは云へないらしい。

わたしは人生老ひ莫しと考へてゐる。人間の一生は新しさの連続であつて、丁度見知らぬ国に旅を進めてゆくやうなものである。旅の進行するにつれて、風光の新しい展開があるやうに、人間一生の進行にも絶えず新しいものに触面してゆけるからである。

哲人セネカはその書翰のなかで次ぎのやうに書いてゐる。

「一番嬉しい年齢は、老境になりかゝつて、未だ老耄に陥らない時である。競走場の末端に立つてゐる人でも、楽みがあると思ふ。そんな楽みなんざあしなくともよいといふこと、それ自らが楽みの代りとなる」(前田越嶺訳「哲人セネカの書翰」より)

これを現代に例をとつて云へば外野のスタンドに立つて野球試合を見ながらあんなに球なんか投げなくてもよささうなものだと考へて楽しんでゐる形である。

街上で私を捉へる友人が「どうだね、面白いことはないかい」と訊く。わたしは面白いこととは何ぞやと反問し、続いていふ。「君の面白いこと必ずしも僕にとつて面白いことではないからね」

「そんなことをいつてるんぢや、面白いことはなさゝうだな」

「うん、面白いことがないことそれ自体が面白いんだよ」

同じ書物でも若いときに面白いと思つた箇所と、後になつて面白いと感ずるところとが違つて来る。以前には分らなかつたことが分つて来るのは、まさに一箇の新しい発見なのである。

頭の禿げてゆくのは、誰もいやがるものらしいが、光頭会なぞを組織してゐる連中になると、逆に禿頭そのものを愉快がつてゐる。さうして愉快がる彼等の心理の方が青年的で、頭髪の薄れゆくのを気に病む青年の方が老人的心理である。これを原理的にいへば、万事を肯定してかゝるのが青年的で、消極的に考へるのが老人的だといふことになるのだ。肯定的見地に立てば、頭の禿げることも、歯が抜け落ちて義歯になることも、老眼になることも一として愉快でないものはないのである。わたしは老眼鏡をかけ出して、老眼鏡をかけることそれ自体が何となく一種の人生的落付が伴ふのでひどく快心になつた。義歯になつてからは取外づしして綺麗に掃除の出来るのを気持よく思ひ出した。歯には随分汚ないものが附着するものだと分ると、外づして清潔に掃除の出来ない青年の本来の歯の不便さを気の毒に思つたりするのだ。

わたしは年齢のことは余り気にならない。昨日あたり大学を出て来たやうに思つてゐる。幸か不幸か一生ずつと青年であるより仕方がないのか、むしろ、老い得ざる悲哀をもつてゐるやうだ。

フランス語に「緑の老人」といふ言葉がある。いつまでも元気な老人のことだが、老人は皆「緑の老人」でなければならぬ、と私は思つてゐる。これは老人ではなく人生の新しい展開を長距離で続けて来た人に外ならないのだ。

今し方、巴里から着いたばかりの薄卵色の最新刊の小説を無雑作に手にして日本の「緑の老人」が銀座辺の茶房の一隅に珈琲を啜りながらよんでゐる。その傍に、フランス文学をやつてゐる大学生達が入つて来たとする。彼等はまだ「緑の老人」のよんでゐる本を知らないのだ。その場面の対照を考へてみる。形の上では老人はあきらかに老人ではあるが、しかし知識の上では、青年たちよりも新しいことになつてゐるのだ。

西園寺公は八十を過ぎてもフランスの新刊書は小説に至るまでよんでゐた。彼の如きはまさに典型的な「緑の老人」であつた。だから常に新しいのである。

西園寺さんは元老だから銀座の茶房にも行けなからうが、わたしなら幸ひ一介の市井人だからいくら年をとつても喫茶店へでも、どこへでも出かけられると思ふ。

わたしは世の所謂老人らしい趣味は、いくら老人になつても楽しまないだらうと確信してゐる。

いつまでも新刊書をよみ、シネマを見るに違ひないと考へられて仕方がない。

肉体的の老衰は免れ得ぬとしても、知識的にはもちろん、感情的にも新しくあり得ない法はないと信じてゐる。

物事にたいする新しい解釈なり、新しい見方なりは、肉体の衰頽とは関係なく出来るのである。

人生に老いはない。何故なら人生とは新しい展開の継続であると考へられるからである。

冷い風が吹いて、氷雨が降つてゐる朝なぞ、こんな日には出かけなくともいゝと思ふ時には浮浪人も一寸楽である。不定収入の細い綱渡りをしてゐるのだと思ふと不安になるが、その綱渡りに慣れると綱の上の動揺そのものに一種の生活感が出て来て、面白くなる。

わたしは一個の売文業者である。米屋、魚屋、八百屋と同じだ。売文は生活の必需品でないだけに彼等以下の存在であるかも知れないのだが、我慢をしてもらつて、街の仲間に入れてもらつてゐる、市井の徒である。そして自分の生活を自分の手によつてのみ進めて行かうとしてゐる点では少くとも彼等と同じである。

わたしの生活たるや如何に侘しく且つはかなくとも、自分で自分の生活を組織し運行して行つてゐる意味では、帰属人ではない。

街の人々は何れもさうである。だからわたしは誰よりも街の人々に親しむことが出来るのだ。このコムモン・ピープル即ち庶民には野心はない。しかし独立心はある。

そして前にもいつたやうに自分の生活は自分の責任に於て運んでゐるのである。

わたしは政局の上層にゐて指導を任とする連中やあらゆる種類の官吏よりも実質に於ては、そのコムモン・ピープルがどれだけえらくあるかを信じてきた。庶民の存在はきはめて小さな問題であるとして閑却されがちになつてゐるやうだが、それが考慮のうちに取り容れられない考へ方ほど不健全なものはないのだ。

それは如何なる場合でも、例えば国家が事変をもつ場合にも、政府当局は考慮すべきであり、事変なるが故に一層留意を払つてもらひたいのだ。

官吏や大会社銀行に身を置いてゐる諸君は、生活が保障されてゐるから十分事変のために没頭しうる。市井人は誰からも生活が保障されてゐず、それを自らの手で整へつつ公的な考慮をするのであるからずつと困難なのである。が、その困難をもつて尚且つ公私の責任を双肩に担ふてゐることはたしかに立派である。

わたしは繰返していふ、市井人は好きだと。

フランスの詩人ボオドレエルは「貧民の叡智」と云ふ言葉を使つた。いゝ言葉である。それは苦労を知り抜いた暖い心のみが見出しうる言葉だ。

或るブルジョアの男に或る貧乏な男が金をかりに行つた。米代もなくなつたから。ところが持てる男は「今日は生憎持合せてゐないから明日また来てくれ」と云つて、「時に、お茶でものもう」とバアに導いた。そしてカクテルを勧め「もう一杯どうだ」

と大に持てなし、持たない男がかしてほしいと云つた二倍の金額を使つてしまつた。持たない男は空腹であつた。高価なカクテルなぞはのみたくなかつた。奢つてもらへるなら十銭の蕎麦でも十五銭のカレーライスでもいゝのだ。その代り、カクテルの数杯に費やす金の半分を貸して欲しかつたのだ。彼はカクテルを嘗めずりながら、米のない家の妻子を考へたさうである。

持てる男には貧民の叡智がないからだつた。貧民の叡智をもつべく彼はあまり幸福だつた。富めるが故に持ち得なかつたのであつた。

この一つの実話は、その範囲だけのものでなく、国家社会の凡ゆる事象と場合とに応用されていゝ参考資料ではあるまいか。

大政治家とは、貧民の叡智を理解しうるものでなければならぬ。丁度、大詩人ボオドレエルが貧民の叡智を解した如くに、そして国家の非常時を担当するものは特にそれが必要なのではあるまいか。

生活の保障が何かによつてなされてゐる帰属階級がこの際心すべきはその点であらう。

大会社の重要な地位につき、所謂サラリーマンでなく、一見財界名士のやうに考へられてゐても、その大会社から金をもらつてゐれば、矢張帰属階級なのだ。俸給の多寡は蓋し問題ではないのである。

市井人は生活の不安をもつだけに、貧民の叡智が得られ易い。貧民の叡智を指導しうるものは、市井人であると思はれるのである。

小さな世界

秋になつてもわたしにはこれと云つて感想はない。毎年きまつてわたしは秋の始めごろには疲労が出る。それが秋の進むにつれて回復してゆく。だから、秋が秋らしく深まつてゆくのはわたしにとつては楽しみである。

人間はどんな活動家でも一定の限度がある。わけてもわたしのやうな社会の片隅の小さな世界にしか住んでゐないものの生活は平板で単調を極める。しかし、人々は誰しも毎日を何もさう変化多く送つてゐるのではあるまい。

わたしの家の前に空地がある。毎日略《ほぼ》同じ時刻に同じ紙芝居が来る。その男は場所を変へてもいゝ訳なのだが、一旦そこへ来始めるとそこでなければならぬやうな不文律が出来るものらしい。町の子供達の方にもあの紙芝居のをぢさんが今日も今ごろ来るのだといふ心理が生じる。紙芝居をやる男の方でも略同じやうな気持にもならう。その相互の心理が彼をして毎日同じ時間に同じ場所に来させるのである。わたしの東京生活ももう何十年になる。それでもわたしの知つてゐる東京は極めて狭い範囲でしかない。初めて触れる新市域を電車やバスから眺めながら東京といふところは何と広いのだ。家は多い、人は多い、その生活の展開を見てわたしは呆気に取られるのである。新宿や銀座へは一週二回ほど行くが、特に用件でもなければ、あまり遠くは動かない。勤めをもたない一読書生のわたしは、一室にあつて読んだり書いたりしてゐることが、生活の主要素である。散歩は無論するがさう遠くへは行かない。世間では文士は呑気で野放図で、生活が自由で遊び好きでといふ誤解がなくもないやうだが、わたしでも文士であるとしたら、わたしの如きは大凡それとは反対で、平板な生活であり過ぎる。

わたしの尊敬するH博士は眼科の大家で、学者であり、人格者である。わたしは博士のところへ眼の洗滌をして貰らひにゆく。博士の診療時間は日曜日の午前中を除くと、毎日午前七時から正午、午後一時半から七時までとなつてゐる。その間なら博士は何時でも居られる訳だ。わたしは博士のことを考へるとわたし自身の怠慢と気紛れとに驚く。散歩に出かけても気が向くとなるとどこまで行くか分らないからだ。仕事のスケデュールも何もあつたものではない。街の人々も多くは、朝は早くから夜も遅くまで働いてゐる。あの人達は何時遊び何時どこへ出かけるのであらうかと疑へる位だ。

だが、文士でも実は錠前屋が錠前をつくるやうに、靴匠が靴を拵へたり、直したりするのと同じことで、毎日文学的労作に従はねばならぬ。云はゞ労作の生活である。金と暇とがあつて余技に遣つてゐる訳ではないから、一日の時間の大部分はそのために費やされ、遊ぶ暇に仕事するといつた訳には往かないのである。さうした訳だから、わたし共の生活も勢ひ小さいものにならざるを得ない。しかし、文学者である以上は、それも覚悟の前で、世の英雄や人気者のやうな賑かで花々しい生活とは大凡反対である筈だ。しかし、その小さい世界の中でゐることは仕合せでもある。何故なら、その世界ではほんたうに物を考へることが出来るからだ。

あらゆるよきことの改革は、実は極めて小さなよきことの集積によらなければほんたうではない。わたしがこゝまで書いて来たとき、組合の配給者が来た。わたしはそこでまた考へ初めた。彼等の配給は消費組合の仕事の上で大切なことの一つだが、わたしも彼等が組合員の各戸によき品物を丁重に配達するそれのやうに、文字の労作者であるわたしは文字を、思想を、正しい感情を表現にまで忠実に運ばねばならないのだと。何もかもが同じことなのだ。それがどんなに小さいことであつても、正しいものである限りは、小さい日常の瑣事は小さくはないのである。

秋が来た。住みよき季節になつた。わたしはそこで一層規則正しく自分自身の生活の線に沿ふべくつとめたいと思つてゐる。前にも云つたやうに、わたしの生活が来訪者も少なき状態に置かれてゐるのは願つてもないことで、わたしのやうなものの所が千客万来であれば、私は第一面喰ふし、それよりも時間が奪はれてわたしの生活なるものはなくならう。わたしを囲む生活は出来るだけ静かであらしめたい。対談はわたしを疲らせ、思索が掻き乱される。疲れたら静かな場所を散歩し、軽い仮睡をとつて休養するまでだ。それには生活の平板と単調とが願はしいのである。秋のいゝことは、それが誰にとつてもすがく〳〵しい気分を与へることだが、われ〳〵のやうな読書生には特に誂へ向きだと云へる。さゝやかな世界ながら、その中に分相応の悦びはあるものである。秋こそ小さな喜びを細やかにしんみりと味へるのでうれしい。空は高く、風が清らかだから、どんな小径を歩いても颯爽とする。夜が静かに沁々として来て灯の色が親しめるから本をよんでもハツキリする。読書と執筆とに熱した頭脳は庭に降り立つだけでも、空気が快く冷やして呉れる。街を歩けば、街は街で愉快だし、野の小径を行けば、草木と空と風とが快適にして呉れる。社会の片隅につゝましく住む読書生も、生きてゐるだけで愉快だなといふ感じで一杯になる。

わたしが小さな喜びを十分に味へるのは、わたしが市井の存在だからで、わたしは負惜みからでなく平凡にして無名の一市民たることを有難く思つてゐるのである。客が多かつたり、人気故に引張り廻はされたりしてゐたんでは、折角の秋に本の一行をさへ身に沁みてよむ事が出来なくなるからだ。秋を迎へてわたしはわたしの小さな世界と平凡な身の上を一しほうれしく味へることを喜ぶ。

新しい本が届いた。わたしは明日から新著を読むことが出来る。そんな風にわたし達の生活は全く四海を空うし天下を睨睥すると云つた大人物からすればお話にならぬながら、わたしはエチオピアを征服するよりも本の数頁を読む方が好ましいのである。

旅する心

「居は気を移す」といふ言葉がある。その言葉が旅に於て最も痛切に感じられるのは云ふまでもない。到る処に青山はある。しかし同じ形のものはあり得ない。同じやうに薄藍色をした山肌でも年中対して見飽きる程眺めてゐては慣れて仕舞つて何の感じも起らないが、相似た山の色でも違つた土地で対すると感情が新鮮になるから不思議だ。慣れたものにも何とも云へぬ親しみもあるが、慣れないもののうちに味ふ清新な感触も捨て難い。旅する心は後者に属する。

わたしの旅する心は二通りに動く。その一つは(特に初めてゆく土地では)未だ見ないでてゐる新しい情景の展開に触目触感が吸ひ込まれてゆくので、まるで新刊書の頁を追うて行くやうに面白く、人々のよくいふ郷愁の如きは感ずる暇はないといふことだ。もう一つの心は反省の機会が与へられ、帰つてからの生活の新方針を設計することだ。

わたしは東京に或る日の毎日をあまり勉強しないでゐるのに、東京に居るとその不勉強がその割合に反省されないのである。ところが一旦旅に出ると旅の間ひどく怠けてゐるやうな気がするのだ。人々は東京にゐて勉強してゐる。しかるにわたしは旅に出て居て何もせずに怠けてゐるといふ気がするのである。だが、東京にゐるときに果して勉強してゐるであらうか。第一朝寝坊ではないか。次ぎに書卓に就く時もあるが、随分詰らぬことに時を消すことが多いのではないか。然るに旅に出てみると、えらく勉強をしない自分になつたやうな気が仕出すのだ。わたしはその癖、旅にゐて暁光を浴び、朝の快よさを沁々と感じ、東京へ帰つたら暁を味ふ人間にならうと思つたりする。わたしは旅をすると、規則が正しくなつて夜も十時に決まつて就眠する男となる。旅の間は帰つてから持ちたいと思ふ生活のスケヂュールを無暗に拵へたり、摂生保健のプログラムまで旅中で頻りに考へるのである。そんな風に旅のこゝろを使ふのは、或はわたしの奇癖かも知れないのであるが、わたしは少くともさうした考へ方なしに曽て旅をした経験はない。だからわたしの弛緩し切つた心持を取戻し、張り切つた生活にするには、旅が一番いゝやうである。だが、これはわたしが怠け者であるから特にさうした感想を抱くので、世の人々は旅をすると、日常生活から離れ去つて全然新しい、寛いだ気持になるのかも知れない。

旅のこゝろは旅を旅するときに最も濃厚になるものである。われ〳〵は旅を旅するのでなく、用件とか事務とかで旅をすることが少なくはない。そのときでも旅は旅であり、新しい山水に触れるだけでも旅らしい気持になるのであるが、それにしてもそんな場合には旅の要素を精々多くもつべく心掛ける必要がありさうだ。といふのは人々は実際、旅を旅する機会をもつことは、割合に少くなるからである。わたし達のやうな所謂自由職業のものでも東京の土地を離れる機会が遺憾ながら少ない。文士としても画家同様、せいぜい異なつた山川、風俗を見ることは望ましいにはちがひないのだが、さうは思つても割合に動けないものである。それだけに旅を思ふ情は強烈で、春色を眺めては旅を思ひ、秋景に接しては旅を考へる。海を空想したり、山を夢みたり、旅行記を読みたくなつたり、まだ見ぬ外国の風物を幻に浮べることさへある。旅の心の揺らぎでなくて何であらう。旅を思ふ心にとつては旅する人ほど羨ましいものはない。

中央郵便局に私書函を托し、その鍵をポケットに入れて国際的な旅に出かけるといふ老翁の新聞記事があつた。その人は独身で係累もないらしいから一般世間の人々からはさぞ寂しいことであらうと思はれるかも知れないが、わたしのやうに飄泊性の多い人間には限りなく羨まれた。しかもその老翁の云ふことが気に入つた。わたしは殆ど世界中を旅して廻つたが、伊太利のフロレンスが一番好きだからそこへ落付いて法律でも研究しようかと思つてゐる。

その老人は文学者ではないが、その言葉にはどことなく芸術家らしいひゞきがあるやうに感じられた。さまぐ\な景色を見たり、いろく\の生活や風俗に広く接してゐると、人は或は自から芸術味を帯びて来るのではないかとさへ思ふ。眼界は広くなり、心は洒脱になつて来よう。旅するこゝろは自由な味ひと寛容に物を見る習性を養ふ。旅するこころのうれしさは何よりもそこにあるのだとわたしには感じられる。「居は気を移す」といふことは、大抵の場合、居住の場所を変へると、その異つた還境につれて心持もかはるといふことを意味するのであらうけれど、その言葉が旅に準用の出来るのはいふまでもない。しかし、旅が単に生活の日常性から来る煩雑を忘却せしめ、それに代はるに清新な感情が入つて来るといふだけに効果を置いてはならないのではなからうか。わたしだけの解釈かも知れぬが、旅するこゝろこそ自由さなり寛容性を加味することによつて初めて意味が深くなるのだ、と思ふ。

旅はこゝろに反省を誘ふ。「旅の恥は掻き捨て」といつた言葉は、今日となつては全く死滅したかの如くである、今にしてそんな愚かしい暴言を信じて実行する人があるとすれば、その人は旅する資格のないものかも知れない。

わたしはまた思ふ、旅するこゝろは感性でもあるが、知性でもあると。旅はまことに感性を柔くし、ニュアンスの多いものにする。そこに芸術味が醱酵するのだと云へるのかも知れない。感性が柔くなり過ぎたときに、所謂旅愁が生まれ郷愁が湧くのでもあらうが、その感情は実をいふと古いので、「草枕旅にしあれば」と云つたやうな昔なら兎に角、今日の旅は交通機関は完備してゐるし、設備も行き届いてゐるので、旅は家に居るよりもどれだけ快適であるかも知れない。普通の人で普通の旅なら旅愁などといふ客臭い感傷は生まれないばかりか、仕事や事務さへなければ、大抵の人は旅にゐると帰るのを忘れる位ではあるまいか。で、現在のところ旅の感性は快性感覚の方が多い。尤も探険や冒険を敢てするのは苦しいこともあるが、その代り一倍と愉快なこともあり得よう。

わたしは旅のこゝろの知性と云つた。そのことは書かなくとも誰にも分かつてゐると思ふ。見聞の広さ、事実の認識、それは知性の培養であり力でもある。広く旅した人たちの話にわたし達は一種の威重を感じるのは、旅する心がいつとはなしに貯へた知性の力があるからだと解していいのではあるまいか。

燕雀の志

ダザヴィエ・メーストルの著書「部屋をめぐつての随想」を書卓の上にひろげて置くと、訪ねて来た男がそれを指して、「この有史以来の一大転換期には壮図をもつべきだ。しかるに、『わが部屋をめぐる旅』などをよんでゐるとは呆れた。今や世界の情勢は……」とその友は滔々とまくし立てようとするのをそれと察してわたしはいつた。

「参つた。燕雀の徒は困つたものだといふのだらう。壮図を抱くのは柄にないにしても、せめてよむべき本はもつと大問題の本をよんだらよからうと注意して呉れる積りだらう。分つた〳〵。」

「燕雀いづくんぞ鴻鵠の志を知らんや」といふ文句があつた。小人には英雄の志は分らぬといふ意味であることは、わたしと雖知つてゐる。それだからといつて燕雀は転向や便乗では鴻鵠にはなれぬ。燕雀の如き小禽も鴻鵠の如き巨鳥も共に賦性が決定するのだ。だから魔法の杖ででもない限り、小禽は巨鳥にはなれない。また人間の世にあつて誰が巨人であるかも分り難い。権力の地位にゐるが故に巨人といふ訳のものではむろんない。わたしは人を無上に敬愛するが人物論は絶対にきらひである。まして、その人自身を知らず、新聞や雑誌、或は写真から受ける印象、人から間接に聞いた噂などで人物論をする位、不正確なことはないではないか。

不正確である許りでなく、危険でさへある。それも死んだ人ならば、精々伝記でも蒐め批評もし易いが、生きてゐる人間の姿を捉へることはより困難である。

わたしは生きた人物にたいしては、批評はしないことにしてゐる。といふよりも好みではないのだ。わたしは人の言葉にして味ふべきものがあれば、咀嚼し玩味したいが、人物論そのものには興味がない。しかるに、世の人々はどうしたものか人物論がお好きである。その嗜向を如何に解釈すべきであるか。君子人は人の噂はきらひらしいが、小人は人の噂はすきだとされてゐる。噂即ち衆語である。人の噂はひとり井戸端だけの興味ではない。紳士諸君の集まる倶楽部でも略同様である。人物論とは批評形式からいへば、人物を批評対象とする評論ではあるが、噂を論理化したみたいなものだともいへるやうだ。歴史の体裁からいへば列伝体の一種であるが、現代的に見れば、さあ、何といはうか。以前英国の「評論の評論」にステッドといふ男が人物評論を遣り、そのことで知られてゐた。日本でも鳥谷部春汀といつた人物評論家がゐて、雑誌「太陽」の誌上で椽大な筆を振つてゐた。その他いろ〳〵ゐた。今日、人物評論家と称すべきものは誰と誰とであらう？　色々の人が挙げられるが鳥谷部春汀のやうに、人物評論家として顕著な存在はないやうである。

しかし、戦争時代並に戦後には伝記小説がさかんになる理由がある如く、人物評論も人物待望の声と相俟つてさかんになり、その状勢を反映して人物評論の新彩が出て来さうなものである。人物論はわたしの好みではないが客観的には以上のやうな議論は出来るのである。

ところで支那の人名録などを見ると、政治家、軍閥の人々は出てゐるが、それ以外の存在は記録から脱してゐる。日本の人物評論には所謂「時の人」が多い。ヂャァナリスティックには当然のことであるが、読者としてのわたしはもつと落付いた人物論が望ましい。「時の人」と云へば、場所中の力士などがさうで、時の人々が角力をしてゐるのだ。国技館内では熱狂、街では話の種になつてゐる。六大学リーグの野球試合もさうだ。その選手達も時の人々である。この時の人といふものは、各界を問はず興味のもてるものである。

時の人々だけに興味をもつのも一つの方法である。そしてそれでいゝのかも知れない。毎朝毎夕新聞が出る。そして次ぎ次ぎに時の人々を伝へて呉れる。堤に立つて、流れる水を眺める感じである。野球でも、相撲でも、見物は如何に熱心であつても、時の人となる条件をかいてゐる。眺める立場と、行為する立場との相違であり、性格に主として基因するのである。

眺めるのにも近くで眺めたい人もあり、遠望を欲するものもある。わたしの好みからすれば、遠望派である。山にのぼることの好きな人、山を眺めて楽しむもの、それぐである。わたしはうす紫いろの遠山を望む方がすきである。さうしたわたしは野球でも、相撲でも、実物を見るよりもラジオにまで後退した。遠望派である所以であらう。

わたしは本をよんでゐるうちに、左の言葉を見出した。ジイドのそれである。

「大芸術家は唯一つの心遣ひをしか持つてゐない。それは出来うる限り、人道的にならんとするの気遣ひである。もつと正確に云へば平凡人にならうとするの心遣ひである。」

これは大芸術家と云はず、芸術家としては誰でももつてゐなければならない心がけであらう。「もつと正確にいへば、平凡人にならうとする心遣ひである」と、ジイドはいつてゐるが、その言葉はわたしの心から賛成するものである。わたしなどは心がけずとも平凡人である。しかし、この平凡人は所謂平凡の平凡でなく、芸術家としての平凡人的重要視である。この平凡は「時の人」の種族ではない。良識と謙虚と探究に熱心であればいゝのだ。その信条にわたしは変りはない。

ところで、わたしは先見の明なるものをもつことがなかつた。といふよりもわたしは常にわたしだけの物差で物を見る癖があつた。二者択一の際に、わたしはいつもその一つをぴつたりと心に沿うて選べない考へ方、見方に傾いてゐた。たゞ、大体のところで去就を決して来たのに過ぎなかつた。一、二の例を云はう。例えば、産業組合運動と反産運動が対峙の形をとつてゐた時代があつた。わたしは反産運動には反対であつた。だから、産業組合運動に傾いてゐた。とはいふものの、わたしの思念する産業組合の本質は在るところの産業組合のそれとは違つてゐた。詰り、二者択一の場合、いつもその二者がわたしにぴつたりする決定からは来なかつた。

独裁と自由主義との議論の時代にもわたしは独裁には反対だつたが、自由主義にも賛意を表することが出来なかつた。わたしの考へる自由の精神は自由主義とは大凡異質のものであつたからだ。こゝでもわたしは二者択一の何れにも投票しなかつた。

左翼といひ、右翼といふ言葉も共に好きではなかつた。わたしはたゞ正しいと信ずることに就くといふ態度以外ではなかつた。だが、それも道は中庸に在ると考へるのでもなかつた。

事実そのものはさうでもないのだが、わたしは言葉乃至表現には毛ぎらひするものが多くて困つた。総裁といふ表現だつて誰が使つては不可いといふ法律はないのだから、何人が使用してもいゝ訳だらうが、何となく物々しいその言葉が濫用と思へるほど使はれてゐるのを見ると親めないのだ。総裁とか総理とかといふ言葉は凡てをおさめるといふ意味だから、呉服屋の番頭が総裁といつてもいい訳だが、さう云へば一寸異様にひゞく。これは感じの問題であるが、近頃総裁と称する人々が随分ある。彼等の誰もがしつくり感じに合つてゐるかといふにさうではない。何によらず事実があればいゝではないか。しかし、さうした毛ぎらひも今ではなくなつてしまつた。事実だけを見ればいゝと思ふからだ。

毛ぎらひといへば、わたしがどちらかといへばそれに近い感じの持てる人々が世界の各国に於けるスタアである。だが、何のために彼等を毛ぎらひしてゐたのか。それに大した根拠もなかつた。では、逆にすきな政治家がゐるかといふのにそれもなかつた。好ききらひといふが、好きなもののない、そして毛ぎらひ許りといふのは変な話であつた。好ききらひといふのはやうだ。だが、人々にたいする好ききらひも、今では全然なくなつた。わたしは賢者が愚者に対するやうに、事象にも人々にも客観的に接することが出来るやうになつたからだ。これは見方によれば、わたしの心の進境かも知れない。名目に囚はれず、事実そのものを見ようとしたり、好悪の情を全然もたなくなつて事象や事象に躍る人々に対することが出来るやうになつたのは。

放送局のアナウンサアは相撲の実況を放送しても客観的である。好ききらひの感じ、少くともきらひはなくとも贔屓といつた心理はあるだらうが、それを出さない。出しては事だ。わたしもそれに近い物の見方や言ひ方をするやうになつた。だが、アナウンサアみたいなことをいふ者許りで贔屓々々の熱狂者がないとすると相撲も面白くなからうし、力士もつまらないだらう。世の中のことはみんなさうだ。野球や相撲に応援団がある所以である。

わたしにとつて唯一の例外は、わたしは日本人だから日本の国土を熱愛することだ。これは血の本能である。その点では冷静ではありえない。が、日本の国土を如何に愛するかといふ態度には、さまざまあつて一つではない。個人々々の立場、性格、気質によつて現はれ方が違つて来る。わたしについていへば黙々として愛する方である。そしてわたしの立場でなしうるだけのことをすることだ。わたしは、政治家ではないからわたしは政治的な表現をとらない。また、市井にあるひとりの市民であるから、その範囲で実践し、更に文人でもあるところからその職域で答へるだけだ。

タバコが買へなくなつて、わたしは今こそ禁煙のよい機会だと喜んでゐる。電車で他人の話を不図耳にすると、その人はいつてゐた。

「わたしのうちでは懇意な煙草屋さんが莨を届けてくれるのでね。まあ、絶やさずに毎日喫して居れるのさ。もつて来てくれるからチップ代りにいくらか出すがね。何でもそのタバコ屋はそれで米代が出るといふことだつたよ。」

「それあいゝなあ。しかし、一種の闇だね。さうか、米代が出るつて？さうだらうなあ。」

と乙の人は話してゐた。

わたしはそんなことはしもしないし、したくもない。タバコ屋の空の壜を見て、禁煙の絶好の機会だと喜ぶ。それだけでもよき市民だと心得てゐる。多くの市民たちがタバコに窮してゐるとき、マドロス・パイプを啣へて新聞社のカメラの前に立つやうな不心得はわたしならしないであらう。

それから万事を黙々として実践してゆき、正直に物を言ひ、且つ考へたい。如何なる意味でも利己的なものをあらしめたくない。

卑屈、佞便、便乗は日本人としてはありうべからざる心理だが、大義名分のポケットに利己的なものの入つてゐる事実が実に多い。それは却つてみつともないし、困つたことである。

正真正銘、生地のまゝで、真に滅私的にやつて居れば、何の揚言も要らないのである。わたしはひとりの市民として清潔に、神経質にそれを守るだけである。それがわたしにとつての愛国である。正直に云ひたいことが、時局的に歩調をみだす虞れがあると考へた場合、それを差控へるのも国土愛であれば、云ふべきものを云はないで過すのは非愛国である。文字面の上から許りは如何にも立派だが、その実の伴はない、利己的野望に着飾らせた外衣は却つて有害でもあらう。

何れにせよ、生地的に批判しなければならぬ。生地の上にのみわれわれの今日の心がけがあるやうである。今日こそわれ〳〵に反省の必要なときはまたとないのだ。柄にもないことは極力慎み、柄にあることだけで生活すべき時代だとわたしは思つてゐる。柄に嵌つた人々が「双葉山！」と叫ぶのはいゝ相撲風景の一つだが、わたしのやうなはにかみ屋が片隅で蚊の鳴くやうな声で、または、口の内で「双葉山！」と声援するのは何としても可笑しい。その卑近な例で示せるやうなことが各界にもかなり見受けられはしないか。わたしはそんなことを時折考へる。

君等のやうな微小な存在の小人が心がけをよくしようと、しなからうと何でもないではないかと云はれさうだ。しかし多いのは小人であり、平凡人であつて聖人とか英雄とかはいつの時代でも極く少数なんだ。さればよき政治とは多くの小人をうまく統御することに外ならないのだ。

乗物の混乱はその多くの小人がやるのだ。彼等の悉くが聖人や君子なら立看板も要らないし、「礼法要項」も不用に近いのだ。集団の訓練とか、公徳とかといつたものは小人、平凡人に必要なのだ。現代は英雄待望の時代なのかも知れないが、わたしによれば、小人、平凡人についてよく考へねばならない時代だ。多数の小人、平凡人が心がけをよくする時代であり、よくさせる時代である。であるとすればわたしのやうな小人が心がけをよくしようといふなら、これは冷かすどころか大いにほめてもらふに価値があるのだ。

そんなことを考へながら、わたし共は時世に処してゐる。柄を考へ、性格に照応し、立場と仕事とを睨み合せて、どうするのが一番よいかを決定しようとしてゐる。

差当り、隣組（町会はわたしにはちと大き過ぎる）とか、農事合作所とかゞわたしには柄に合つてゐる。共に面白く、有益である。ジイドのやうに平凡人たることを心がけずとも、平凡人が平凡人同志で親和するのは生活をゆたかにすることだ。先夜も農事合作所の小作人大会があつた。その時の面白さつたらなかつた。小作人と云ひ条、お寺さんの空地を十数名が無償で借りて、その大会といふのがまた御寺さんで御馳走して呉れるのである。

今年は品評会をやらうと云ひ出すものがあるかと思へば、それはよく出来た作物にするのか、よく出来ない方を一等にするのか、どうせ見事には作れないのだからとまぜつ返すのがゐて、それでは一番出来のわるいのを一等にしようと衆議一決したりする。人糞をなめる話から糞尿譚に花は咲いて楽しい春の一夜を送つた。わたしは近ごろその会合位面白いことはなかつた。

三十坪ほどの耕地に草花と野菜とを植ゑて暇さへあると、わたしはこゝへ行つてゐる。すると、前の酒屋さんが、「あんたはお仕事よりこつちの方が熱心のやうですなあ」と云つた。

熱心なわけではないが、暇さへあれば、そこで蹲んでゐるのは事実である。蹲んで土を堀り返してゐるのである。そして感心することは昆虫にも実にいろんな奴がゐることだつた。何といふ名の虫であるか知らないが、わらじ虫みたいな奴で、ころがすとまるで、鞠そつくりに丸くなる。ゴルフでもするやうにわたしはその虫の球を一つの穴に竹ぎれではじくのだ。昨年はとにかく草花や野菜に興味があつたが、今年はより多く昆虫に興味をもち出した。そんなことゝは知らず、酒屋さんはわたしが農事(ちと表現は大き過ぎるが)に熱心だといつてほめて呉れるのである。

寸地に蹲んではゐるが、時々、空を見上げては世界の大勢を思ひ、国土愛を思ふ。かくて平凡人にも時局観はあるのである。

春に考へる

しづかに雪解がして、太陽の光線が徐々に明るくなり、おだやかな春になつて行つてもよささうに思ふが、事実、春先の風はとても激しく吹き、雨が叩きつけるやうに降ることがある。

ある日、昼間は暴風のやうだつたが、夜になつて風はすつかり止み、春の静夜そのものであつた。わたしは何もしないで黙想した。

その翌朝は漸く春らしいおだやかさであつた。寺の墓地を散歩した。藪鶯が啼いてゐた。白梅に並んで紅梅が咲いてゐる。さらに数間歩いてゆくと、紅椿が咲いてゐた。春になつたなあとわたしは思つた。暖くなつて来るのはうれしいが、春になりたてのころはたいしてよろこびとはならず、たゞ、またしても春になつたなと感じただけだつた。暖いと思つてゐたら、夕方から雨になつた。夜がふけるにつれて激しい風が添ふて雨戸をがたがたゆりうごかしてゐた。ゆうべとは大違ひだなと思つた。

春先の季節はかなり気まぐれである。昼間は暖だが、夜になると時には寒さが冴え返つたり、しづかだと思ふと、急に荒出す。春先は鳥渡、躁狂性神経病のやうなところがある。しかし、土を掘ると、草は萌え出ようとしてゐるし、木の芽はそれ〴〵膨らんでゐる。早いのになると、もう青い芽や、赤い芽を出してゐる。生気が躍動してゐるといふ強い感じをわれ〳〵は受取る。

大地の力に敬服するが、それを土台にして生える草木の力にも感心する。春に逢ふて全土の草木が活動してゐるさかんな情景をわたしは想像した。ひゞきを立てない。人間の耳がもつと鋭敏だとあるひは聞えるのかも知れない。こんな風にいふと、叱られるかも知れないが、人間も見方によれば、それらの草木と大差はないのではあるまいか。

今は春を春として楽しめる時代ではない。国を挙げて戦つてゐる。厳寒の地に守りを固くしてゐたり、酷熱の下に戦つてゐる将士達のことを思ふと、われ〳〵の住む土地には春がめぐつて来たからといつて、春を楽しむ気には元よりなれない。尤も、わたしは平時にあつても特に春を喜ぶ気持の少い方である。

雪国の人達が春をよろこぶ感情は鮮明なものがあるであらうといふことは分る。だが、わたしは南国育なので、その経験はない。たゞ想像するだけである。

春が来ると、暖くなるので楽だと思ふだけのわたしだ。が、それはよろこびといふほどのものではなささうだ。たゞ、わたしは春になると自然と早起になる。それが好きなのだ。しつとりした春暁の空気に触れる。そしてわたしは生きてゐることの愉しさを感じるのである。

春に鈍感なわたしではあるが、散歩の途上、沈丁花のかをりが鼻を撲つと、春だなと思ふ。

近所の寺の住職は、花づくりが上手だ。ある日、その寺の前を通ると、門から本堂に通ずる敷石道の両側に、つゝじを植ゑてあつた。その花の咲くころになると、燃えるやうに綺麗であらうと空想した。

草花を植ゑるのを止めて野菜を作れ、チユリツプが食へるかといふ人がある。時節柄尤ないひ分であるが、わたしも以前にはそんな風にいつたものだ。婉豆の花は美しいし、大根の花も趣がある。葱坊主が並んでゐるところも面白いではないか、といつたまでは、よかつたが、チユリツプの根が食へるかといつて縮尻つた。といふのは、チユリツプの球根は百合の根より遥かに風味があつてうまいのだと教へられたからである。以来チユリツプが食へるかといつたやうに放胆に断言することは止めた。しかし、昨年草花を植ゑてあつた地面を、今年は野菜に変更したのは事実である。だが、あまり熱心にやらないやうにしてゐる。といふのは、勉強は直ぐあきるくせに、土いぢりをしてゐるとつい時が過ぎて、勉強が留守がちになるからだ。村で育つたせゐかも知れないと、そんなときには思ふのである。

春になつた。といつても、わたしにはさして感動は深くはない。春そのものより、かくして春は来たり、春が逝くのかといつた方の感じが強くなつて来たのである。春が来て、そのよろこびを心から感ずることが少くなり、また、春が来たのかと冷淡になつたのはよき傾向ではなささうである。云はゞ、感受性の減退である。

戦争の春でも、花は咲く。ただ、われ〳〵はその花にたいしても観賞に多少の気兼がするだけだ。しかし、美しい花を見ても、それを美しくないと思ふほど心を硬化させては不可いのではないか。やさしいものこそ、強いこころでもあるからである。

書斎の春

元来、分に過ぎたことを考へたがらないわたしだ。最近は特に分に安んずる心持が深まつて来たやうに思ふ。

わたしは一介の文士であること以上に何も考へてはゐない。わたしのやうなものでも官界や財界に身を処してゐたならわたしが現在持つてゐるやうな生活の不安定はないのかも知れないが、好んで選んだ身の振方に今更何もいふところはない。

荷車に青物をのつけて売り歩き、それで糊口を辛つと凌いでゐるといつた風の老人をわたしはよく見掛けることがあるが、わたしの文筆生活もそれに似通つてゐるやうに思ふ。余生を悠々と過すことは夢想も出来ないし、またしてもゐない。それでもわたしは意に介するところはない。朝起きると、寺の庭を散歩しながら、わたしは一握の新聞を読む。それから簡単な朝食をすまして正午までは必ず机につく。午後は散歩することにしてゐるが、近年は散歩しないことが多い。散歩しないときは本を読む。夜は止むを得ないことさへなければ家に止まつて居る。

何年か前までは文士としては来訪者の多いわたしの家だつた。一日に七、八名の客は普通で、鳥渡多いなと思ふときには、十五名から十八名位はあつた。その頃はその程度の客なら終日放談してもわたしは少しも疲れを知らなかつた。今日では二、三名の客との対談でも重苦しく疲れる。だが、よくしたものでさうなる頃には客もひどく減つて来客の全然ない日が多い。そしてそれはわたしのよろこびになつた。要するに生活が至極単調になつたのだが、わたしは別に単調とは思はない。生活の動きは成程単調には相違ないが心の中まで単調になつたわけではないからだ。

わたしは孤独の時間を多くもつが、それも呑気でいい。ひとりで書斎に引籠つて暮してゐることは他人から見るとわびしからうがわたしは何ともないし、それにわたしは人に会うのが面倒臭くなつて来た。あんなにも人を懐しむ感情の強く、人々と放談することの好きだつたわたしにとつては相当の変化といへよう。

春を描く随筆にわたしは単調な私の生活に触れたのは、わたしの春もこぼれ落ちたやうなものだからだ。しかし、紅雲たなびく桜の長堤にばかり春があるのではない。わたしの陋居にだつてそれがあるのだ。わたしは今、禅寺の庭に隣つて住んでゐる。家は通りから路次に入つたところにある。しかもその路次はわたしの家だけに通ずるものだ。裏も東隣も寺の庭である。寺の庭には大きな桜の大木がそこにある。それが春になると、桜の花葩を路次に降らして落花の美を見せて呉れる。それをぼろ靴で踏んで歩くのは惜しいやうな気さへする。

書斎の硝子窓に映つてる寺の紅椿は艶美である。花を多くつけて見事だが、わたしはそれを書斎の窓から眺める。それだけでも春の感じは十分である。わたしは久しく春の行楽をしない。田園の春にも接しない。ただ、ソフアに凭れて春を空想するだけでも相当楽しいことだと思つてゐるからだ。

寺の庭の春が今のわたしの春であるが、それとて深く味へば豊かなものがある。わたしは書見や執筆に疲れると、小さな庭ながらわが家の庭に降り立つて樹や草の芽の成長を観察してゐるが、飽きないものだ。秋蒔きのひなげしの葉が大分大きくなつたと思ひそれがそのうちに綺麗な花をつけることも楽しみではあるが、それよりもそんな微小な一粒の種子がこんなにもなるものかと考へるのが、より多くわたしの心を牽くのである。

そんなことを考へてゐるのは何といふささやかな関心だといはれさうな気もするが、わたしにとつてはそんな関心が空疎な大事よりも遥かに親しまれるのである。

黙々として田や畠を耕す人のやうに、わたしなぞも黙々として思想や感情の耕作をして居ればいいので、わたしの職場はささやかな部屋、そこでひとりぽつちでこつこつやつてゐるやうな地味なことこの上もなく、単調といへばたしかにさうもいへることなのだ。

しひて春に叛く意思はないけれど春を訪ねて行楽することもしたくはない。書斎の窓から寺の庭の春を眺めることは窓硝子といふ枠に嵌つた春の小景だが、それでも豊かに思へるのは分を知つた読書生だからかも知れぬ。

春昼の一時を近所のカトリック教会に沿ふた坂路の散歩に費すこともあるが、そのときわたしは沁々と晴れた春の光の明るさを知るのである。わたしは犇めき合ふ街路の雑閙に大都会の春のどよみを見るよりも、人通りの少ない道の明るい春光を味ふ方がどんなに春の感情が強いかを知つたのであつた。

考へてみると、わたしの住む世界の狭いこと、八畳の洋室の書斎、そこから見る寺の庭、わが庭の青樹、近所に建ち並んでゐる幾個の寺院、その近くのカトリック教会、それを廻る数町の散歩道、これがわたしの生活地帯である。

だが、その狭い小天地にでも、春は十分に味へるし、それだけの散歩でもわたしの健康に役立つてあまりある。

わたしに考へていいことがあれば、世界の隅から隅に広く動くといつたことではなく、その小さな部屋で思想の耕作が何とか一つの形にまでもり上がることなのであらう。思想と共に住み、それがどんな小さい形でもいいから青い生々した芽をもつことだが、わたしの乏しい力は土をやぶつて出る一茎の草にも及ばないのではないかとあやぶむ。そのことだけがわたしの心許なさである。いひ換へると、わたしには外囲のあでやかな春色よりも、内在の心の労働に春の微光でも招きうるかどうかである。書窓の春にして思ふわたしの感想はその一事に尽きる。

順境・逆境

わたしがまだ中学生だつたころ、大町桂月が学生訓といつたものをかいてゐた。桂月は平明な文章をかく名文家だつたが、その彼が逆境を論じて山中鹿之助の歌を引用してゐるのを見たことがある。

『憂きことも尚この上に積れかし、限ある身の力試さん。』といふ。

世には、逆境になると、勇気が挫け、人を羨やみ、世を恨むといつた人がないではないが、山中鹿之助はその逆でどんな逆境でも襲ひかゝつてみろといふ男性的気概を示したのである。

順境といひ、逆境といひそれらは解釈のしようでどうにでもなる。順境といつたとていつまでもつゞくものでもなく、逆境は転じて順境ともなし得られる。一つの境遇はある意味からは順境であつても、他の見方からすると必ずしもさういへない。

東北きつての大地主があるが、その家の人たちは一様に呼吸器がわるいので、医者がかういつたとかである。

「あんな物持の呼吸器病と、貧乏だが息災なのとどちらが幸福だらうと考へるのにあきらかに後者に団扇があがるね。健康であればこそ生きてゐることの愉快さを感じるのだ。朗らかでもあり、元気にもなれるのだ。きつとその大地主ももつと土地が少くてもいゝからもつと健康でありたいと望んでゐるにちがひないと思ふ。」

その一家は物をもてる点では順境だが、健康でないことでは逆境であらう。

釈迦は悉達太子と云つて、浄梵王の子であつた。伽毘羅城に住んで何一つ不自由のある筈はなかつた。位は太子であり、衣食は心のまゝだつたであらう。それに美女の多数に侍かれてゐた。世俗的に見ればまさに順境そのものといへたかも知れない。しかし、釈迦はそれらを順境として満足せず却つて出家し、難行苦行して仏陀になつたのである。彼がもしさうでなければ、昔、存在してゐた太子であつたといふこと以外の何者でもなかつたことにならう。

人間にはいろんな運命がある。不仕合な運命もあれば、仕合なそれもある。生れたときに孤児であるなどはたしかに不仕合に相違ない。それにくらべると両親の愛撫の下に育てられる子供たちは仕合せである。しかし、それは運命でどうすることも出来ない。後者の子供たちがその不幸を歎いたところで始らない。

いろ〳〵の運命を以て人間は生れる。貧家に生れた事を歎き、富家の子弟を羨望しても仕方がない。そんなくだらないことを歎くやうな人間なら、たとひ、よき境遇に生れてもその境遇をよく利用はしないでめちやくちやにするに決つてゐる。

既に決つてしまつて今更仕方のないことを、くよくよするものは男らしくないことだし、そんな男は第一不愉快な存在である。不愉快な存在であるばかりでなく、そんな男は逆境を転じて順境たらしめる気力ももたないであらう。

人間は何が何であらうと、さつぱりしてゐて、明朗な気持をもたなければ嘘だ。逆境もその人の朗かな顔を曇らすことの出来ないやうな存在であつてほしいものである。

わたしに云はせると、順境だの、逆境だのと考へるのが吝臭いのぢやないかと思ふ。一体何の暇があつてそんな比較をしてみる必要があるのかといふことだ。自分は逆境にゐるが、彼は順境だと考へるから羨望にもなるのだが、羨望することは逆境であることよりもさらに困つたことだ。そんなことを考へる人は、自分が偶々運命に幸されて順境にあるといゝ気になり、逆境にある者をさげしむ気持にもなるであらう。逆境であらうと、順境であらうと少しも心の変らぬ人間こそほんたうの人間なのだ。逆境にゐて傷心せず、順境にゐて驕らないことこそ望ましい。

人間として正しい生活をする。それ以外に道はないのだ。

不正なことをしたり、或ひは非良心的なことをして富むよりは、清貧のほがらかさがどれだけいゝか分らないのである。

人生にあつてほしいことは善良にして快活なことだ。富でもなく、地位でもなく、名でもない。それらをえることを順境と思ふならば、その人は間違つてゐる。といふのは、それらのものは正しい生活の云はゞ附録みたいなもので、附録は人生の本文ではないからである。

正しく生きる、勤勉にしてなすべきことをしてゆく、それだけの話である。他人との無用な比較などは夢にもしないことだ。

たゞし、人間はしなくてい丶ことをして運命をくるはせてはならない。

例へば、健康についてであるが、当前にして居れば、健康を傷けずに済むのを不摂生をして病気になりそれが引いてその人を逆境に導いたからといつて誰を咎めることは出来ない。自業自得といふものだからだ。

若い人たちは、世にいふ若気のあやまちで随分身をあやまつことがある。だが、それについてはどうにも文句のもつてゆきどころはないのである。大したことではなからうと高を括つたり、一時の気紛でしてみたところ、それが、とんでもないことになつてその人の一生を狂はせることがざらにあるが、それだけは慎むべきである。そんなおろかしさを慎み、勤勉にやつてさへゐれば何らかの幸福はもたらされもしよう。飛び上つたやうな順境にはならなくとも兎に角順境にゆく階段に足をかけてゐること位にはなる。慎むべきは慎み正しく生活してゐても運命がどこまでも辛くあたることだつてなくはないけれど、それを考へに入れてはならない。われ〳〵はただなすべきことをして居ればいゝので、こんなに一生懸命にやつてゐるのに順境になれないなどと喞《かこ》たないがいゝ。

人間といふものは、他から想像するやうなものでないのが普通である。他から見て、あの人のやうになればさぞかし幸福であらうと思へる場合でも、その人の生活の中に入つてみればそれ〴〵不満もあれば悲しみもあるものである。

わたしは青年時代によくこんなことを考へたことがある。それは寒い冬の夜道を歩いてゐるときのことだつた。道は暗いし身を切るやうな寒い風が吹いてゐた。それにわたしはひどく空腹だつた。道傍に大きな邸宅があつて、その窓から明々と電燈の灯が流れ出てゐた。それが幸福で暖かさうに思はれた。だが、後になつてある機会にその家の事情を知り、富んではゐるが窓から洩れる灯が象徴してゐるやうな幸福な家ではなかつたと分つた。そしてどこの家も見かけによらぬものだといふことを沁々感じたのであるが、そんな例は外のことにも、同様に考へていゝことであらう。

多くの場合、見かけたまゝの順境は極めて稀だ。

俗諺に、上を見れば限りがないが、下を見ると限りがないといふが、まつたくその通りで、世には自分ほど不幸なものはないと悔んでゐる人がもつと不幸な人の話をきいて下には下があるものだと思ふやうに、順境の面に於ても同様なことがいへるので、これまた上を見れば限りのないことであらう。が、上を見たり下を考へたりしたとて寸効もないのである。

されば逆境を逆境と思はず、順境を順境とも考へないやうな人間でわれ〳〵はいつもありたいものだ。

『自由を我等に』といふ映画があつたが、そこに現れる社長はまた元の黙阿弥のルンペンになるが、放浪時代の旧友と相携へて愉快らしく又しても放浪の旅に出るのである。元の無一文になつても愉快で居て決してへこたれないところが愉快である。どんな逆境の運命が来てもにこやかに微笑んで悄気ないので、逆境の方で甲を抜くといつたやうな快漢で人間はありたいものだ。

その種の人間許りになると、世間はさぞかし明るいことだらう。そんな世間では見栄も要らなければ人をさげすむやうな悪徳もない。そこでは順境だとか逆境だとかの対比は全くないのである。

幸福も順境も外部にあるのでなく、人その人の考へ方や、見方の中にある。幸福といふ青い鳥を探し廻つたチル〳〵、ミチルは結局どこにもそれを見出し得なかつたではないか。

サミユール・ジヨンソン作の『ラセラス』はアビシニアの王子で幸福の谷で仕合せに暮してゐたのに、尚も最大の幸福を求めて各地を遊歴したが最大幸福が人生に求むべからざるものたることを知つて故郷に帰つて来ることをかいてあつたが、わたしに云はせると、その故郷とは帰するところ、人の心の中といふことになるのだと思ふ。逆境だつて同様だ。要は自分の境遇に逆境感をもたないことだ。他人から逆境のやうに見られても自分が逆境のやうに思はなければ逆境にはならないのである。

樽を住居にしてゐた哲学者ヂオゲニスは堂々たる邸宅は勿論、何も要らないのだつた。だからアレキサンダー大王からお前の望むものを叶へてやるからいつてみろと云はれて、『陛下よ、どうぞ、そこをどいて頂きたい。そこへお立ちになると、太陽の光線が遮られてまことに日光浴に都合がわるいものですから』と答へた。樽の中に住む、それはまさに逆境だと解釈してはならない。何故ならヂオゲニスは樽の中に住むことを逆境とも何とも思つてゐなかつたから。

逆境と思はないところに逆境はないのである。

そして何事もよく解釈することだ。

アンドレ・モオロアが幸福のなかで大臣になることに失敗した憂目（実は生活的には幸福）について次のやうにかいてゐる。

彼は『平和に暮し、閑暇を楽み、愛読の書を繙き、もし友を好むならば、友人たちと歓談することが出来るのである』と。

彼が大臣になつて居れば瑣事に煩はされるのに、それに失敗したお蔭で幸福がもてたとモオロアは解釈するのであつた。

若しも大臣になることに失敗した男が、大臣になれなかつたことを逆境だとし憂鬱に毎日を送つたところでそれは仕方のない話である。

さらに、大臣になつたものを羨望して愚にもつかぬこと――彼は内閣の首班と私的関係があるからだとか、取入ることが上手だからだとか――を考へるやうでは見下げ果た男とならざるをえないであらう。

モオロアがいふ如く、よく解釈することである。

右は一つの例であるが、何事にでも、また、如何なる場合にも同様の解釈は出来るのである。

人生はさう簡単なものではなく、如何やうにも解釈が出来る。そしてそこに面白味もあるのだ。

貧乏の境遇に生れ、いろ〳〵苦労はさせられたが、お蔭で人物が練れるのである。『艱難汝を玉にす』とか、『家貧にして孝子現る』と云はれる所以である。

労苦するから人間に深味も出来、人の気ごゝろもよく分るのである。だからフランスの詩人ボオドレエルは『貧民の叡智』といつた。その尊い叡智は貧民としての苦労を十分心得たものでなければ体得出来ない。それは富家に生れ、何一つ物質の心配なしに生長した子弟にはもちたくとも持ちえないのである。

人の気心のよく分る人といふのは、苦労をして来た人、ある意味では、逆境に処して来た人である。

『可愛いゝ子には旅をさせろ』といふ言葉があるが、それも略同様の意味で、旅でいろいろ苦しい目に逢つたり辛い思ひを経験すると、世上のことが分つて来て人間が出来るのである。

人生の行路を人はよく旅に譬へるが、それなら逆境に投げ入れられた人たちは、神様が可愛いゝ子に旅をさせろの親心からさうしたのだと考へてもよささうではないか。

支那の聖人の言葉だかに、『天、大任をこの人に下さんとするや、先づその身志を苦しめ』云々といつたのがある。天下の大任を引受けるほどのものは温室育ちの花のやうな訳には往かないことを明らかにしたのだ。

逆境にゐてめげず、順境にゐて誇らずどこまでも与へられた境遇をよく生かして、正しい生活を築き上げることが人々の責務であらう。

だから、私は各人が与へられた境遇をよりよく生かすことを心得て、やれ順境だの逆境だのと云つたり、徒に人と我とを比較商量しないがいいと思ふ。

しかもその問題は何も生きてゐる間だけの問題ではない。生きてゐる間、所謂逆境に終始して苦難の途を歩んだけれど、死後十年、二十年或ひは半世紀、一世紀の後に認められる人々だつて少くないことは歴史が証明してゐることだ。

われ〳〵は正しく、全力を挙げて良心的に生きぬくことである。

ヴアン・ゴーグといふ画家があつた。彼は一生貧乏であつた。しかも生あるうちに誰からも認められなかつた。認められたのは死後三十年経つてからである。そんな例はどの社会にも少くないのである。

生きてるうちは逆境で終始したから、気の毒だと決めて仕舞へない。スチーブンソンといふ文士について後世の批評家はかういつた。当時、時代の胡蝶として意気揚々としてもてゝゐたものは少くなかつた。当時の時代の胡蝶今何処にある。悉く行衛定めずになつてしまつた。だのに、ひとりスチブンソンのみ残ると。

ゴーグは全精神を緊張させて画を描いた。その緊張が破滅して死んだとさへ云はれてゐる。それだ。それでいゝのだ。順境も逆境もないのだ。全力を打込んで仕事をし、勤労をし、正しく良心的に生き抜く以外のことは、人間らしい、人間は期待したり、予期しないであらう。

本と読書との好み

わたしは読書家と云はれる方ではないが、満更読書をしない方でもない。本を読むのが遅いから、新しい出版を追つかけるやうな芸当は出来ない。それに自分の好みに合はなければ、どんなベスト・セラアの本でも、読まうとしない堅意地がある。いゝことか悪いことか分らないが、事実さうなのだから仕方がない。その代り、人々が一同に顧みない、今ごろそんなものを読んでゐるのかと冷笑されさうなものでも、好きなものなら熱読する傾きがある。そんな風なのも性癖なれば止むを得ないとしなければなるまい。

わたしは一生を通じて、どんなにふん張つても、所謂洛陽の市価を高めるやうな本は書けさうもないことをよく知つてゐる。友達の少い、殆どないわたしは、著作に就ても読者の殆どないことが推測されるのだが、持前なればそれも仕方がない。

アンドレ・ジイドがコリドンを出したとき、初版十二冊、二版廿二冊だつたといふことをわたしは別に奇異とは感じない。たゞ、ジイドの如く、生活に余裕のある人にあつてはそれもよからうが、われ〳〵には生活的に多少心細いと云へなくもない。

森鷗外も生前の出版には、版を重ねたものはなかつたと聞いてゐるが、その時代に在つて鷗外の作品が調子が高過ぎたと云へたのである。だから、死後に全集となつたときにはかなり多くの予約があつたのだ。わたしの如き全集嫌ひな人間でさへ鷗外全集だけは予約者の一人となつた。わたしはわたしの文学的歩程に於て鷗外、敏等から最も多くの示唆と啓蒙とを受けたことを思ひ出す。

尤も、わたしは個人的には全然両氏を知らないので、わたしの受取つた啓蒙と示唆とはすべて彼等の著書を通じてであることは無論である。

わたしは前にも云つたやうに好みと必要とに応じてよんでゆく方針をとつてゐる。だが、それは少数者の本をよんでばかりゐて、ベスト・セラアのものをしひて避けるといふ意味ではない。ベスト・セラアのものでも好みに合つたものは進んでよむ方針だが、わたしの過去の経験を振返ると人々の問題にする所謂ベスト・セラアの本の中にはわたしのよみたいと思ふものがすくなかつたと云へるのである。

かくてわたしは季節はづれの本の読者である。幸ひ我国では近年になつては、ドイツのレクラム版といつた程度の小型の本で内外の名著が出版されてゐるので便利を感ずる。あゝした出版は出版業者にとつての利益は薄いだらうが廉価である点で、読者を益することは多大である。われ〳〵が根気よくそれらの本をよんでゆくと、われくはかなりの学者になることさへも可能である。

わたしは海外の極く新しい未だ邦訳のないのは致方がないから原書をよんでゐたが、既に邦訳もあり、それが非常に乱暴な訳だといふ定評のない限り、その訳書に依ることにしてゐる。

さうした小型の本で、出版された過去の名著を、思ひ出しては買つて来て、季節はづれの読書をしつゝ静に時間を過すことは大抵のことに興味を失つた現在のわたしにとつての唯一の興味である。季節はづれとは云つたけれど、実は季節はづれと思つてゐないのだ。好きだといふ感情に季節はないからである。

また人生を考へるのに、毎朝の新聞に歩調を合してゐてはあわたゞしくて遣切れない。そしてそれは実のところ人生を味覚し探究することだとも思はれない。過去のことが古いのではなく、今日と明日のことが新しいのでもない。過去のうちにもあまりにも時流を抜いてゐたために埋れてゐた新しさが無数にあるのだ。

だが、わたしの右にいつた意味は、よく云はれるところの『古きを温ねて新しきを知る』と云つた言葉とは若干意味が違ふのである。わたしはその時流を抜いたために葬られたものを探究したいといふことであつて、古きものを新しい照射によつて現代の解釈に適用せしめようとするのではないのである。

もつともわたしの云ふ季節外れを古典への遡及とのみ解釈されても困る。気のせはしい現代人の感覚では、朝刊でも夕刊の来るときによんで居れば季節はづれとなりさうであるから、月遅れの雑誌なぞをよんでゐると非常に時に遅れたといふ感じをもつかも知れない。さうすると極端に匆忙に追かけなければ季節はづれになる訳で、わたしの如き遅読者は永久に季節はづれの読み方をするより外はないのである。わたしはあらゆる点で季節はづれの読者たることを甘んじてゐる。

わたしは鈍感だから気の利いたタイムリー・ヒットになるやうなトピックも掴めないし、テーマもつくれない。時々掴んでみても、それは大抵の場合、ピントが合はなくて、それもまた季節外れになつてゐる。たとへてみると春着の時節に冬服を着てゐるやうなものである。

しかし性分なら、それも仕方がないとして、自分の好みに就かんとする風がある。その傾向がまたわたしに特殊の読書法と本の選択をさせるのである。だがわたしのやうな読書人の意見は、多分出版業者には参考にならぬであらう。

それから先般もあるところから書物の装幀といふことについて訊かれたが近ごろのやうに装幀技術も非常に進み、その方の巧緻が議せられてもゐるのに、わたしはその場合にはフランス風の仮綴がいゝと云つた答しかしなかつた。出版の知識についてもわたしは遅れてゐるのではないかと思つたが、しかしフランス風の淡卵色や淡紅色の何気ない色の表紙が好きであるとすれば、何もその好みを変るにも及ばないと思ふからである。

金について

ウヰリアム・モオリスの「無何有郷」をよんだ青年のころ、金の要らない社会を幻想した。そんな幻をいくら若い頃とはいへ、胸に描く位だからわたしはどうも金には縁がないらしい。

今になつて考へることだが、人間は四十から五十の間に食ふに困らぬ金を拵へて置いて、せめて五十にもなれば、それから先は性格に合つた仕事をゆつくりとしてゆくやうにならなければ嘘だが……

そんなことをいふわたしは、五十を過ぎて何の貯へもなく、依然として窮措大なんだから意味はない。大体無能な性質である上に、心がけもよろしくなかつたので、今更致方のない話だが、そのわたしがフランス人のやうなことを考へるやうになつたのはよく〳〵のことだつた。

わたしは人間を支配する三つの力を考へた。それは権力と金と言葉とである。

権力と言葉とはこゝで書く必要はなからう。金とは何ぞやである。人間は原始社会では物々交換であつた。そのうちに媒介になるものを拵へ初めた。それは方便として用ゐられたのだから或は貝殻であつたり、木片であつたり、その他のものであつたりした。その中に磨滅し難い硬質の金銀になつた。それが貨幣である。貨幣について紙幣が出来た。何れにしても人間が便利を主とし交換手段として思ひ付いたものである。その間は人間は金を支配してゐた。少くとも、その気持はあつたのだが、段々あべこべに人間が金から支配をうけるやうになつた。人間が金で物の価格を量つてゐたが、そのうち、金が人間の価値を逆に計り初めた。さういふことになつて人間は金に完全に支配されるやうになつたのだ。

金といふものをいろ〳〵な点から考へることが出来る。或る点まで金が人間を強力に支配してゐる世の中だから金のことを考察することは興味があるといふより必要でもある。

わたしは時々こんな風にいふことがある。――金のないのが何で恥づべきことであるか。と、いつてのけた後で、「しかし不便ではある」と附け足さゞるを得なかつた。わたしは放浪的性情が濃いので、旅をする資力があれば、世界をそれからそれへと漂泊して恐らくは一生を旅に過すであらうとも考へる。金がないので旅する自由さへ抑圧しなければならなかつたのだ。

わたしは現代の仁俠とは何であるかと思ふことがある。それは人生の危機打者になることだ。わたしはつくぐ〵考へ込むのだ。

「あゝ何といゝ良質の青年であることよ。彼に少しばかり金を援助してやれば、彼はその才能を若木の枝のやうにのばしうるのに。」

また「あゝも美しくやさしい女が身を転落させるやうになるのは気の毒だ。僅かの金で彼女をその堕落することから救つてやれるのに。」

さうした男や女たちを正しく歩ませうるのが僅な金で済むものなら、わたしは敢て人生の危機打者になつて彼等を正しくもまた朗らかに本塁突入をさせてやりたいものなのに、如何せん、この危機打者には生憎と打球棒がないのである。素手で二塁打、三塁打を戞飛ばすことは神様だつて出来やしない。その場合の打球棒たる金をもつてゐる連中は概して危機打者には出たがらないし、買つて出ようとするものには打球棒がない。

理由もなく金を湯水の如く遣つたり金のことかと軽くあしらつたり、金で万事を解決しようとする行方は悪趣味で下品だが、金のないために、生かしうるよきものが生かせないのは何としても残念の極みである。

例えば、恋とは人生の花と言へるかも知れん、わたしのやうな貧乏文士は慎んで避けるを以て賢策として来た。

何故といふ説明も殆ど必要のないことだが、恋は由来贅沢を好む曲物であるらしい。

或はまた金と時間とが必要だとかの話だつた。「時は金である」といふ格言を人々はそんなときに沁々思ふでもあらう。貧しきものにとつては恋の軍事予算の尨大にすぐ敗退するより外はなからう。恋故の苦しみならほろ苦くとも甘味があるといふ。しかし恋愛行程に伴ふ金故の配慮に至つては大凡苦しいだけのことで散文的である。そんなことに千々に思ひを砕く位なら、恋なき明朗に若かずではないか。恋の全面積のうち金の必要となる場面があまりにも多いからだ。月のひかり、花のかほり、呟きの美辞麗句、そんな夢みたいな台詞は珈琲一杯の現実の敵ではない。誠にお身をこの胸でなぞと云ふこゝろはほんたうの誠でも、他愛なく買つてやれる香水の一瓶に及ばざること遠しだからだ。

されば、貧しきものにとつては、恋だつて迂闊には出来ないし、うつかり恋して恋の近代性が金だとなつて苦しむこともありとせば、恋せぬ前の安穏に若かないではないか。

浮世の経験を重ねるに従ひ金の機能の多面性に触れて驚くことが多い。物分りのいゝ人、よく気のつく人、行届いた人、思遣のある人、よく出来た人、それはまことに精神的の動きから来るとはいへ、それらの多分もやつぱり、金を表現手段とした場合が多いからである。

金といふものは人類の正しい生活の表現手段にしたときにのみ意味があるのだ。生活の馥郁《ふくいく》たる豊さ、そんなことにも金の有用が思はれるのだから遣り切れん。

家は雨露を凌ぐことで足るとし、美衣美食を望まぬわたしでも、書籍と自然に親しむ旅の機会だけはもちたいものだが、そんな単純な、金持からいふと大凡吝臭い欲望でさへが金のないためになしえないことが多い。

わたしはいろんな方面から金を考へてみたく思つてゐる。この一文はその一端を述べたまでである。

眠むれぬ或る夜

深夜であつた。電灯を消した。四辺《あたり》は黒闇があるきりだ。すべての目に見える物象は滅形し、昼間または起きてゐる間、身辺に起る多くのものと絶縁した。ラジオももうひゞひて来ない。電話も先づかゝつて来ない。来訪者のある訳もない。寝床の中に暗黒に包まれて自分だけが静かに身体を横へてゐるのだ。そして眠りたいのだが、眼が冴えてどうにも眠れないのだ。

眠れないわけはない筈だと思ふ。身体が疲労し過ぎてゐるのでもなければ、気にかゝる何もないのに。

夜風の過ぎる音が戸外に聞える、犬の吠えるのや、夜汽車の車輪の轟々たるひゞきが風に送られて来ないでではないけれど、それらは少しも煩ひにはならないのだ。

或る夜、どうしたものか理由もないのに眠れず、横へてゐる自分の身体《からだ》が、水の一杯入つた徳利を横へたやうに、思惟が次から次と流れ出て来て止度がないのであつた。しかも、それを雑念とか、妄想とかといつて一言の下に片附けられないものがあつた。

な思想までが飛び出すのであつた。

真清水のやうな感情も湧き、時には、歴史よりも大きいのではないかと云ひたいやう

× × ×

山の氷河のやうに堅く凝結してゐる自分ではなかつたか。それだのに尚、燃差しの薪か何ぞのやうに、燻つて煙を挙げるといひたいもののあることを感じた。それが全然なくならねばいけないのだ。

山が倒壊するときには、大音響を発する。地が陥没する時には震動し、大風の吹くときにはざわめく。それでゐて、山や地や風は、その理由を説明しない。説明されはするが、説明はしないのであるが、人間も説明されても説明しないで、黙々として動くことが出来ないものかと思つた。

戸外では、雨が降つて来たらしい気配がする。それに風が添うたのであらう。バタ〳〵と音を立て出した。泥のしぶきを挙げてゐることだらう。深夜だ、物音一つ立てない完全な静寂《しじま》に還つてくれないかと思ふ。

「世紀の仕事!」といつた真つ赤な文字が、咲きたての花びらのやうに、暗黒のなかにくつきりと泛んだ。わたしは眠つてゐるのではないから、夢を見てゐる筈ではないのだが。

かと思ふと、屏風のやうな巌山が見えて来た。その巌山は無数の石仏を彫つてある

あの大同の巌の幾十倍、いや、幾百層倍大きなものらしい。

その巨巌に向つて黙々として脇目もふらずに彫刻をしてゐる一人の男がゐる。

「あなたは、一体何をそこに彫らうとしてゐられるのですか」

とわたしは訊いた。

すると、その男は、わたしの方へ振向きもしないで、仕事を仕続けながら、ぶつきら棒に叫んだ。

「呼びかけないで。邪魔をしないで呉れ。俺は世紀の仕事をしてゐるんだ。君なども黙つて創造するがいゝんだ。それだけが、俺達の日々だよ」

わたしはびつくりして後退《あとずさり》をした。

その男は尚も続けていふのだつた。

「君、その仕事を与へられた仕事だなどと思つてはいけないよ。さう思ふのは奴隷の精神だからなあ。誰からも与へられはしないんだ。自己の発見によつて世紀の創造に没頭するんだから」

わたしは寝返りをしようと意思した。そして反転が出来た。だとすれば、別に夢を見てゐた訳でもないらしいのだ。どうも変だ。

錐のさきを板に一生懸命揉込んでゐる場合には手が離せない。

「おい、こちらへ来ないか」

といふ声がする。

「あちらへ行つてみんか」

と促される。

「そんなに一つところにじつとして居たんぢや、駄目だ、動くんだ」

と呼びかけられる。

わたしは答へた。

「行きたいんだけれど、動きたいんだが、駄目なんだ。俺は何もしてないんぢやないんだ。錐で穴をあけてゐるんだ。手を離すと、穴があかなくなるんだよ」

そんな誰を相手にしてやつてゐるのか分らない対話も眠れぬ夜のぼんやりした頭の中でのものだが、思索の態度、創造の方法とは、錐を揉込むやうなものかも知れないといふことだけがぼんやりと残るのであつた。

「しかし、さきの尖つてゐない錐では、いくら揉込んだつて穴はあかないよ」

と、いふ声がした。

「さうかも知れない。しかし、風のまに〳〵そつちこつちと動き廻つて居たんではもつと駄目よ。根気よく遣つてみるつもりだ、穴があく積りで。あかなくても仕方がないさ」

「君にとつての錐、即ち思索は頭脳の働きなんだ。それには眠れないのが一番いけないんだぜ」

「それはさうだ。夜は苔の蒸した岩のやうに眠らなければね。睡眠中は全く知覚のない空間と時間とでなければならない。さうだ、眠らう」

しかし、さう思へば思ふほど、翌日から始めようとする生活の順序が、列車の発着表のやうに、頭の中にひろがるのをどうすることも出来ない。またしても頭は半醒半眠の朦朧たる状態に陥つた。

——こゝは一体どこなのだらう。月明星稀といつたやうな晩だ。そして月に照らされた道が、どこまでも涯しなく続いてゐて、道の前方は、夜霧のなかに吸ひ込まれ、その両側には密林のやうに樹木が黒々と茂つてゐる。しかし、それらの樹木はどれもわれ〳〵が日常見慣れてゐるものであることから考へても、そこが熱帯地でないことだけはあきらかだつた。

その道をわたしはたゞひとりで歩いてゐる。どこへゆくのかそれも分らない。風が出て来た。そして梢がざわめき出した。地上に印した陰影が頻りに動く。寒さうな風の音であるのに、少しも寒くはないし、ひとりぽつちで歩いてゐるのだが、ちつとも寂しくない許りでなく、何となく楽しいのはどうしたわけであらう。そしてそれは、考へやうによつては、創造の道にも似てゐるといつた感じがするのだつた。

フランスの小説は好きでもあるが、またきらひでもある。どんなところがきらひなのかといふと、よく晩餐に招いたり、招かれたりすることが書いてある。貴族好みであり、勲章好みといつたところがあることだ。

希臘《ギリシャ》語や羅甸《ラテン》語を用ひ、両国の神話を引用し、神とか、基督の影が随所にある。彼等の社会乃至生活の背景がさうだから仕方がないといへばそれまでだが、作品にさうした過去の亡霊が頭をしばしば出すことも、わたしにすきにはなれない理由の一つだ。

伝統を重んずることは、正しいことだし、いゝことだ。しかし、創造的前進にまで纒ひ付かれるやうになつては考へものだ。フランスの新文化がいつの日に再建されるのか、それは分らないが、わたしが暇に任せてよんでみたフランスの小説には、いゝところ、巧いと思ふところが随分あると共に、とり除けなければならないものがあるやうにも考へられた。

敗れた時、フランスの政治家達は、巴里の文化を破壊したくないといつた理由でドイツに降伏した。その巴里の文化なるものは、熟れ切つて、実は酸腐してゐたものだとも見られるのではなかつたか。

曽て古羅馬が倒れたのと同じやうに、巴里の文化は過去に属するものになつてゐたのではあるまいか。美しい文化であり、精妙を極めたものでもあつたが、今となつては、それはきのふの薔薇ともなつたのではあるまいか。

新しいエスプリを含む清新なこれからのフランス文化は曽てあつたそれらを一括し

て、過去の記念塔にほうり込んでから発足すべきものではなからうか。

それにしても、フランスよ、お前はどうなるのか、一体どこへ行かうとするのか。フランスの国情を見て考へさせられることは、いくら敗戦したからとてあゝもなるものだらうか。あゝも支離滅裂に。

フランスの新文化が、どんな形を将来とるものか、それは予想出来ない。しかし、何れにせよ、それは過去によつて蝕ばれない創造から始らねばならないとだけはいへさうに思ふ。そしてその課題は何もフランスだけに限られたものだとはいひ切れないやうな気がする。

眠れぬ夜の朦朧たる頭に泛んだ形をなさない幻覚であらうか。

わたしは十日余りも同じやうな眠れぬ夜な〳〵をつゞけてゐる。

眠りに就くべく寝床に入るのだが、どうにも睡眠に陥らないのだ。はつきりと目覚めてゐるとはいへないのだが、それでゐて大方のことは知覚してゐる。手を延ばさうとすれば手を動かすことも出来るのだが、さうかと思ふと、右腕が肩からかけて痛むのだが、そのために手先きをピク〳〵と反射作用によつて痙攣させてゐることは知らず、家人からさう云はれてみて初めて分つたりするのだつた。

さうした十分に眠入らない半醒半眠の頭脳を銀幕として、それに古ぼけた映画のやうにさまざまな想念が、しかも切れぎれに、夜を通して絶えず動いてゆく。そして朝方になつて、硝子窓に暁の白光がちらつくころになつて漸く眠りに落ちるのである。

カアル・ヒルチーに「眠れぬ夜な夜な」といふ本がある。しかし、わたしはこれ以上、眠れぬ夜について書きたくない。

眠れぬ夜はまつたく苦しい。ぐつすりと眠りたいものである。

菜園

花壇とか、菜園とかといへば、以前は日曜日的な感じが強かつた。今日では、花壇の方はさうでもなくなつたけれど、菜園の方は戦争のために、空閑地さへあればこれを利用するやうになり、勤人達は日曜休日を以前ならどこかに出かけるのを、今日はむしろ野菜でも栽培しようといふことになつたので、その意味から一層日曜日的なものになつた。

わたしも三十坪ばかりの土地に野菜と草花とを植ゑてゐる。その草花もたゞ咲かせて眺めるといつただけのものは中止し、切花にするものを幾種類か作ることにしてゐる。切花も花屋で買ふ段になるとひどく高価なものになつて来たので、自分で作つた切花で佗しい書斎を色彩づけて僅かに慰めることにしてゐるのだ。

地面の大部分は、菜根を栽培するために当てゝゐる、その地面といふのは寺から無償で借りてゐるので、それをわたしの菜園と称してゐるのである。何事にも不器用なわたしは野菜作りも下手ではあるが、それでもわたしは十分に慰められてゐる。そして十分か二十分の休憩のために菜園へ出かけてゆくのだが、一時間乃至一時間半といふ時間がまたゝくうちに過ぎるので、実は、後になつてびつくりするぐらひである。その度毎に、本を読んだり、筆を執るよりも、野菜に親しむ方が、わたしの性分に合つてるのだなと思つたりする。

大してひろくないわたしの菜園ではあるがその程度がわたしには丁度いゝのだ。そしてそれによつてわたしの心が慰められ、心気転換も出来、その上、台所のたしにもなるのだから満足である。

文学の一派に菜園派といふのがある。それはスコットランドの農民生活を方言を用ひて描いた十九世紀末の一派のことだが、それまでの考察はしないことにする。

蘇東坡は、海南島に住んでゐたとき、住居の背後に小さな菜園をもち、そこで差当り入用なだけの野菜を植ゑてゐたさうである。また、杜甫は生涯を通じて生活に恵まれなかつた詩人であるが、彼は成都郊外の浣花渓流のほとりに住んで居た頃は、茅葺のさゝやかな家を建て、そこで野菜を作り、そして田園生活を楽しんだとのことである。彼は園芸が好きで、果物や野菜を栽培することが好きだつたらしく、その上、実用的にやつたのは彼にとつては、生活の方便になつたからでもあらう。養鶏もやつてゐて、五十羽ばかりの雛をうらゝかな春光の下に眺め、秋晴の日に彼は長男を相手にして鶏の面倒を見たりしてゐたといふ記述もある。支那の詩人で、最も田園に親しんだ者として知られてゐるのは、陶淵明であることは勿論である。

だが、さうしたことを書いてゆくのは、わたしの菜園記には大して関係しないので、これ以上書くのは止めよう。

さて、わたしは、特に草花が好きだとか、野菜作りが趣味であるとかとはいひたくはない。寸地があれば植ゑるがいゝし、草花が咲けば、剪つて来て、書卓の花瓶に挿すもよからうといつた程度である。

花や野菜につく害虫も観察して居れば面白くなくもない。野菜を自給自足する程度に栽培しようと力むのもいゝのかも知れないが、僅の余閑に遣る者としては、さうなると負担が重くのしかゝつて来て遣り切れない。出来るだけのことをして、物のたしにもなればいゝと思ひ、草花についても、花咲くもよし、咲かざるも亦妨げずと云つた、ゆつたりした気持を強ひて攻めつけないやうにしてゐる。

三十坪ほどの土地ではあるが、何を植ゑ、そして如何にそれを栽培して行けばいゝかといふことになると、ささやかなことながら、それはまさしく一箇の経綸である。三十坪の土地にたいする経綸と雖一国の政治の経綸と本質的には何の変りもない。第一に、如何なる種類の野菜を植ゑるべきかを選択するのだつて、大命を拝した総理大臣が閣僚達をどう選択すべきか位に骨が折れる。害虫を如何に駆除すべきかの問題も、悪思想を如何に弾圧すべきかといふことゝ、頭の使ひ方は同じやうなものである。

ジョルジュ・デュアメルは、彼の園庭について、次のやうに書いてゐる。

「雑草類は、自然に繁茂し、周囲にある他の種類のものを駆逐し、最も美しく、必要であり、何よりも優雅である植物を枯らす。若し、園庭をあるが儘に放置すれば、両三年を出ずして、毛莨属やはまむぎや、野生の昼顔の跳梁跋扈に任かすことになるだらう。園庭には、チュリップも、芍薬も、ダリヤもなくなり生存を続けるものとては、始末の終へない、二、三のどこまでも繁茂してゆく雑草類で、それらのものは、凄惨乱離の裡に冷酷な争闘に身を投ずることにならう。(中略)園丁が処理するのでなければ、園庭としては最早存在せずして、密林になるであらう。(中略)善き園丁の如く、文明の精神は、人類社会にたいして根気のいゝ監視を行ふものである。」

害虫の駆除だけでなく、雑草の絶えざる芟除によつて、菜園は正しく保たれるのである。

或る老人が、「蔬菜の栽培といふものは、害虫や雑草との不断の戦ひですよ」といつた。

また、ある人は百姓に三種あり、上は畠に雑草を決して生やさない。中は生えたのを抜いてゆく。下は生えた儘に放任して置くと云つた。わたしはなるほどと思つた。

前記の老人ほど菜園を愛し、野菜を愛児のやうに可愛がる人をわたしはたんとは知らない。弁当持参で菜園によく出かけて来てゐる彼は、畠の傍に蹲み、鉈豆の煙管で悠然と莨の煙をふかしながら、じつと野菜を眺めてゐるのである。その恰好は魚釣りに無我の境に入つてゐる人が、じつと浮子《うき》を見てゐるのと少しも変らないのであつた。

　わたしはその老人のやうに、熱心にはなれない。また、それだけの暇もない。たゞ、隣の寺から貸して呉れた土地に草花や野菜を植ゑてゐるだけである。杜甫のやうに生活の方便になる程はどうしても収穫出来ない。前にもいつた通り、野菜のないとき、たしにするといつた程度に過ぎないのではあるが、わたしにとつてはそれよりも、疲れたら何度でもそこへ行つて疲れを休め、心気転換させるために有難いのである。春光を浴びて蹲めば、自づと日光浴にもなり、考へたり、思ひ付いたりする場所としてわたしの休息所でもあれば思索の道場ともなつてゐるやうである。

散歩の哲学

散歩、散策、逍遥といふ文字がある。いづれも、こゝかしこをそゞろに歩くことである。

漫歩とか、遊歩とかともいふ。

字引によると、散歩の項に、「金史、大祖紀」とある。古くから使はれてゐたことが分る。また、蘇軾の詩にも「散歩塵外遊」といふ句がある。

古希臘には、逍遥学派があつた。アリストテレスの学派で、彼がライシアム（彼が哲学を教へたアテネの園）で樹下をそゞろ歩きをしながら講義をしたので、その名が付いたのだと云はれてゐる。

「我々（支那人）は、運動場で球のために競走しようとは思はないが、柳堤を逍遥して鳥の歌に耳を欹《そばだ》て、児童の笑ひ声を聴きたいのである」と支那の或る学者が書いてゐた。将来は兎に角、これまで支那人は逍遥を愛する国民であつたやうだ。

わたしなどの散歩を振返つて考へてみると、まつたく変なものだつた。散歩に出かけた途端、往来で友人に逢ふと、直ぐ珈琲でものまないかといふことになり、閑談して徒に時間を空費した揚句帰つて来たり、また、何といふことなしに友人を訪ねて彼の仕事の邪魔をすることが落だつた。しかし大東亜戦争以来さすがにそんなことはなくなつた。いふまでもなく、それは散歩ですらない。

わたしの家の附近を以前ドイツ人が犬をつれてよく散歩してゐたことがあつた。彼はいつもマドロスパイプを口に啣へ、上着は着ず大抵はチヨツキだけだつた。そして季節がさらにあたゝかくなるとくつろいだ開襟シヤツを着て、颯爽として闊歩してゐたのを見て、あれならまさしく散歩といへる。発汗もしようと思つた。

も一つの散歩の型は、運動の効果を覘ふのは第二段で、路上の観察をしたり、思索の機縁を求めたりするためのものである。その型の散歩には、小さい手帳を携へて行つて印象なり、感想を書きつけるのも一つの方法である。それをわれ〳〵は相当重んじてもいゝのではないかと思ふ。アメリカ人が、概して思索的でないのは、彼等は散歩の意義を味解したがらないからであらう。アメリカにアリストテレスは生まれさうもなく、ライシアムは出来さうにも思はれない。自動車は快速感で彼等を喜ばせたかも知れないが、要するに、それは感覚への訴へであつて、彼等を思索的なものには導かなかつた。

それはさて措き、人間現象を観察するための散歩には人々の往来の激しい街頭に限るが、四季の微妙な推移を味つたり、何か問題を思索しようとするには、静かな自然を環境とするに限る。

散歩は、気持の転換にもなれば、外気と光線とに触れることによつて健康をもよくするし、触目触感われ〳〵に与へる示唆も少くない。

考へることの必要なときには、一人の散歩がいゝが、軽い気分になつて散歩をするには気の合つた友人と語りながら歩くのが快適である。

「哲学的散歩《プロムナアド・フイロソフイク》」とか「文学的散歩《プロムナアド・リテレール》」とかと云つた題名をレミ・ド・グウルモンは自著に用ゐてゐるが、面白いと思ふ。他にはさうした書名をつけてゐる人も間々ある。だが、わたしがこゝで考へてみようとするのは、さうした意味での散歩ではなくして散歩それ自体についてである。

農民達は、特に散歩といつて歩かないであらう。彼等の労働は外気に触れてなされることだし、太陽の光線には飽きる程照されてゐるのだから、外気と光線とを求めてわざ〳〵散歩する訳はない。彼等の欲するものは、休息でこそあれ、散歩ではなからう。

一人の農民がどこかへ出かけてゆく村人に道で逢つても、「どこさ出かけるだね」と訊くことはあつても、「散歩かね」とは尋ねないであらう。しかるに、わたし達が街頭を歩いてゐると、決つて、「散歩ですか」と訊かれる。してみると、散歩は、より多く都会的なもののやうに受取れさうだ。村でありうる散歩は、都会から来た滞在客とか、休暇で帰郷してゐる学生達がするものと相場が決つてゐた。村人には前にもいつたやうに、特に散歩はしないからだ。

それはそれでいゝ、特にその必要を感じないのであるから。

しかし、散歩を必要とするものもある。その種の人々は、散歩がどんなものであり、散歩を散歩らしく如何にすれば有効になるかを考へてみるべきであらう。一部のものにとつては、散歩も亦、仕事にも等しいものだからである。仕事と散歩とが離れ〴〵のものではなく、関連的なものになるのでもある。

学童が五十分の授業の後に十分の休息があるやうに、一定時間の研究、読書、執筆の後にする散歩、或は毎日日課としてする散歩の如きは、大に仕事と関連がある。そんな散歩は無聊のあまりする散歩と同様に見做すべきものではないであらう。

わたしは朝の散歩を好む。朝の散歩といふ言葉だけで、さはやかな感じが湧くではないか。春秋の朝もいゝが、夏の朝は取分けいゝ。夏は、午前中の早いうちに仕事に取掛るのがいゝ。早起して朝涼の大気のなかを一廻り散歩して来ると、仕事の能率も上らう。それに、春のあけぼののもつ情趣は全く捨て難い。

桜や桃李や木蓮の花が咲きかゝつてゐるのに、ほの〴〵と淡い霞が棚曳き、それが朝の初光を受けてゐる光景に接すると、心持まで長閑になつていゝ。

どんなところであらうと、散歩すれば何かを見、また、何かを感ずるものである。

しかし、散歩に出かける場合、身体にどこか故障があると気軽になれず、渋々出かけて行つても佗しいこと許りが考へ出されて不可い。よし、塵つぽい道だらうと、殺風景な場所だらうと、自分の身体が健康で、気持が明るければ、散歩はいつも楽しいものだ。そして散歩の道筋に何の屈托もない筈だ。しかるに、自分の心が不機嫌だと、何だつてゴタ〳〵と家が立ち並んでゐるんだ。そして人々は毎日平凡単調な生活をつゞけてゐるのだ。下らぬ感情が角を突き合せたり、醜いいざこざを繰返してゐるのだ、とついいふやうになる。また、何だつてこの道筋は清麗でないのだ。美しい並樹が続いて、その道の傍に清い流れがあつて、しづかに散歩を楽めるやうになつてゐないのだなどとよしなき不平さへ呟きたくならないものでもない。

そんなことを考へるときは、屹度身体か心のどこかに故障のある証拠である。

われ〳〵は、何時、どんなところを散歩しても駄々つ子のやうな無理をいふやうではいけないのであつて、常に、何程かの意味とよろこびとをもつやうにしたいものである。

わたしは、街を散歩して映画の看板を見、何といふ安つぽさ、下品なけばけば〳〵しさだといやな気のすることがある。そして街の人々を見てガサ〳〵した感じを受取ることがある。そんなときは、日照り続きの道のやうに、わたしの心が乾き切つてゐるのだ。

散歩に出かけて晴々した気持になれないときは、どこか自分のこゝろに病的なところがあるのだらうと反省してみる必要があるやうだ。

わたしの友人で「街頭は愉快なり」といふ信条をもつてゐる男がある。彼のその気持は、わたしにもよく分るのだ。それでゐて、わたしにはいつでもさうなれずにゐるところがある。性格のもつ不幸であり、修養の不足からである。

しかし、街頭は愉快であるべきだし、全く何でもない事柄でもこちらの心が明るければほゝ笑まれるのである。

或日、浅蜊貝を入れた笊を小さい荷車に乗せて曳いてゆく老人を街上でわたしは見た。彼は赤い羅紗の帽子を冠つてゐた。白い鬚が頬から顎下にかけて生えてゐた。赤銅色をした、健康さうな顔をにこ〳〵させてゐた。そしてわたしも自づと頬笑んだ。

六月の或日だつた。虫を捕る網を帽子のやうに頭に冠り、天狗の鼻のつもりであらうその長い柄の方を前面に突き出して嬉々として遊んでゐる幼童を見た。わたしは、それだけのことが何となく面白く思はれた。

帰つて、銭湯にゆくと、若い父親につれられて来てゐる幼児があつた。湯が熱いから入らないと駄々を捏ねるので、父親は、子供の濡れた髪の毛をつまみ、まん中のところに寄せてピンと立ててピリケンと云つた。すると、その子供は、鏡に顔を写して機嫌を直ほし、にこ〳〵して来た。

子供達の示す姿態にはまことに楽しいものがある。

わたしが散歩の途上、子供達を最も観察の対象とするわけである。心の持ち方で街頭は全く愉快になれるものだ。

それから季節的にいふと、植物が芽をふき出すころから、散歩は楽しいものになる。柳の青い芽を見ただけでもどんなにわれ〳〵の心が明るくさせられるか分らない。そこで太陽の光と植物とが如何に人間になくてはならぬものであるかも沁々と感ずるのである。

わたしはまた金目黐《かなめもち》の籬のあるところを、初夏の昼下に散歩するのが好きだ。分けても、その嫩葉の赤い色が何ともいへないつやゝかさを示すのがたまらなく好ましいのである。

満天星《どうだんつつじ》の垣根もいゝと思ふ。披針形の緑葉も、白、時には、赤い壺状の小さな花をぶらさげてゐるのも可愛気があつていゝ。

街の街路樹が緑葉をつけ出す頃は、陽のひかりも明るくなり、空気も天鵞絨のやうに柔らかになるので、散歩には誂向だ。そして生きてゐることの愉快さを心から思ふのだ。ほのぐ〳〵と暮れてゆく春の夕方の散歩に、沈丁花の甘い香気が快く鼻を撲つのは、秋の夜の散歩に、どこからともなく木犀の芳香が漂つて来るのと共に魅惑的である。

春にもなれば、わたしは無性に海が見たくなる。海のいろの誘ひに動きたくなる。

さうなると、それはもう散歩といふことではなくなるのかも知れないが、わたしにとつては、依然として散歩のつもりなのである。といふのは、わたしはどこへ旅をしても、散歩以上の気持をついぞもつたことがないからだ。

わたしは、この世に散歩しに生まれて来たのかも知れない。そんな風にいふと、わたしといふ人間は人生にたいして如何にも呑気な態度をとつてゐるやうだが、決してさうではなく、人生なり、生活なりのどんな些事をも散歩によつてよく考へてみようとするからだ。

散歩といへば、人々は兎角軽く受取る。散鬱であり、腹こなしである以外の何でもないやうに。しかしそれだけのものではない。

わたし達が散歩を心から楽しめることを考へるのに、それは一心を籠めてよき本を読んだり、仕事に精を出したりした後であらう。そんなときこそ、心が落着いてわれながら散歩が快く出来る。逆にいふと、散歩を快くするために、われ〳〵に当然なすべき仕事をして居らねばならぬ。その証拠に、のらくらした日の散歩が如何に空虚の感じに支配されるか、われ〳〵のしば〳〵経験するところである。

西洋人は汽船の甲板を、足早く運動してゐるのを見かけた。それも散歩と云へば云へもしようが、わたしなら、海や島影を眺めることを欲する。甲板の上では、佇立してゐるだけでも海上の空気を十分吸ふのであるから効果はある。

汽車が駅で停車する僅かの時間を利用して歩廊を歩く人達があるが、それほどの些事にまで細かく気をつける癖に、保健に関する他のことにかけては、案外遣りつ放しであつたりするのは可笑しい位だ。

瞑想しながら行ふ逍遥、保健のためにする散歩、生活現象を観察するための漫歩、何れもそれぞれに意味がある。しかるに考へてみると、わたしなどは、それらのどれも帰属しない無意味な散歩を過去に於ては随分して来たものであつた。

それだけは、これから注意したいものだと思つてゐる。

高円寺にて

牛込南榎町の路地に住んでゐたとき、ひとりの気軽で、快活な会社員と仲好しであつた。その人とわたしは地震直後の秋晴の日をよく高円寺に散歩に来た。それが高円寺に住みつく機縁になつたのは上述の通りである。

大正十三年の秋のことであつた。そして丁度そのころ高円寺は、村から町になつた許りで、祝ひの提灯がまだ各家の軒にかゝつてゐた。東京市に編入されない以前で、豊多摩郡に属してゐた。

わたしは地震と共に、新聞社との関係もなくなり、それからは筆一本で生活する時代が始まつたのである。

新聞社に勤めてゐた間は、狭いだけそれだけ家賃も極めて安かつた家に住んでゐた身が、失業して一躍三倍もする家賃の家に転居したので、友人達は驚いて云つた。

「あいつは無茶だ」

まつたくその通りである。新聞社から退職金として貰つたものは、とつくに食ひ尽してゐたし、わたし自身も生活に何の成算もなかつたけれど、兎に角、引越を断行したのだつた。引越した家は、新築間もないこととて、木の柵をめぐらしてあるだけで庭には樹の一本もまだ植ゑてはなかつたけれど、かなりひろかつた。その当時柵に沿ふ小径を距てゝ中央大学の競走場が拡がつてゐた。で、その家の南向きの展望はひろぐ〳〵してゐたのである。

或日、与謝野寛氏が晶子夫人と共に、その家に来られ、「冬枯の運動場の柵を見て、木一つ植ゑぬ友の庭かな」と歌はれたことがあつた。わたしは樹一つない庭に草花の種子を秋の彼岸ごろに蒔いたものだが、その次の年は春から秋の末までいろ〳〵の花が絶えず咲いて庭を彩つてゐた。友人達が来ても、多くは座敷には上らず、庭の方へ廻り、南向の縁端へ腰を掛けて話してゆくのが常だつた。

それから同じ高円寺で省線の線路を南に越した五丁目八百十一番地に転じた。引越した理由は、多分子供達がそれ〴〵に勉強部屋が入用になつたからであらう。

理想に叶つた借家といふものがさうあるものではない。五丁目の家の最大欠点は、前の道が貨物自動車の通る度毎に砂塵を濛々とあげることだつた。尤も、家は道より一間ほど高くなつてゐたので、その道に直面してゐるのは応接間だけではあつたが。

応接間の下の道路は切通しであつた。そして、その道を距てゝ木立があり、松の樹の如きは、何れも相当の老木だつた。で、それに多少の風情がなくもなかつた。難はあつたものの、わたしは十年に余つてそこで住み通した。無精な性質でもあつたが、わたしがさう転々として移ることをしなかつたのは、どうせ、仮の世の中の、仮の住居ではないか。辛じて雨露を凌ぐことが出来れば足ると考へたのと、も一つの理由は、収入不定の身であつてみれば、幾分でも信分を獲得してゐる土地を遠く離れないが兎角便利だと考へたからだつた。現在では、殆ど現金払ひになつてゐるが、以前は月末払ひが多かつた。

「あの家は、ありさへすれば、気前よく払つて呉れる家だ」といふ信用を博して居れば、それはわたし達不定収入の者には、信用権とも称すべきもので大切にしていゝものだつた。

遠く離れた地域に引越しうる経済上の自信が、わたしにはなかつたからだ。

五丁目に住んでゐたときの隣家もそれ〴〵に記述すべき多くの材料はあるが、それは省略しよう。わたしはそれをわたしだけの記憶のなかで反芻して人生の省察に資するに止めることにしたいから。

ところが、或日、わたしは突然地主から立退きの訴訟を提起された。家主でなく地主から。それといふのは、家主が長い間、地主に地代を払はず滞納したためで、家主が訴へられたのに、わたしも巻添を食つたのである。しかし、わたしはすぐには立退かなかつた。そのうちに、三等郵便局長であつた家主は、公金消費の廉で刑務所に収容された。すると、家主は財産の全部を挙げても消費した何分の一しかなく、地主が家主の郵便局長たるときの保証人とかになつてゐたが、後に精神病者になつてゐたので連帯責任から免れ、わたしの住む家は国庫に帰属することになつた。詰り、国家が大家同様になつた訳だ。わたしは友人に威張つて云つたものだ。

「君、俺んとこの大家は国家だぜ。そんなでつかい大家がまたとあるかい。」

しかし、さうした公権より私権が強いものか、地主の法定代理人は家主と借家人のわたしを訴へたのである。

家主が刑務所から娑婆に出て来たとき、さる男から金を貸りた。そしてその支払にわたし達の家賃を渡すことに契約したらしいのだが、その男がわたしの留守に遣つて来て妻に捺印をさせた。わたしは、誰に家賃を払ふのも同じだからその男に払つてもいゝのだが、法律行為の無能力な妻から判をとつて行つたのは違法行為なりとして、その男に家賃を渡すことを拒絶した。爾来、一年有半断じて支払はなかつた。地主にたいしては、わたしとその男とは共同戦線の立場になるし、その男はその男で、家主から譲渡された家賃についてわたしと繋争してゐる。そんな可笑しな関係がまたとあることだらうか。

その後、わたしは三丁目の現在のところへ移転したので、地主との問題はなくなつたが、今度は、家賃の支払請求で件の男から区裁判所へ訴へられた。そしてそのために三年あまりの日子を費した。結果は、わたしには不利ではなかつたが、そんな繫争は全くうるさいものだ。

現在住む家は静かでもあり、わたしには手ごろのものであるといへよう。そしてこゝでも早くも六、七年になる。

今に至つて過ぎ来し方のわたしの居住の歴史を顧みる。それはわたしの生活の歴史でもある。居住の変遷は、即ち、生活の変遷だが、わたしはわたしの居住を通していろ〳〵の人生を見て来たわけだ。居住に関する限り、それは、生活の些事ではあるが、そこにはわたしの人生が滲んでゐるだけに、反省の資料とすべきことが多々あるのである。わたしが愚しくも過ぎて来たものかを顧みると、まつたく遣り切れない思ひもするが、さりとて、わたしは、それにたいして悔ゆる気はしない。悔いたとて始まらないからだ。

以上が、わたしのこれまでの居住の歴史なのであるが、何故わたしはこんな詰らないことを書く気になつたのか。

それは一つの例——あまりよくない例かも知れないが——として、わたしの居住史をとつたまでである。その例そのものは、読者にとつて寸益もなければ、面白い筈のものでもないことをわたし自身は百も承知なのだ。しかるに敢て書いたのは何のためなのか。他でもない。それは、日曜若くは休み日に、もしも、寸暇でもお在りなら読者たちは、各自に居住の歴史を考へてみなさるのも、いろんな意味で有益でもあり、興味も深いのではあるまいかと思つたからだ。わたしが例として書いたわたし自身の居住の歴史の如きは取るに足らないことはわたしもよく知つてゐる。それでもわたしにとつてはかなり反省の材料となつたのである。いま、われ〳〵の居住についての考へ方もかなり変り、また、変らなければならないと思ふ。

わたし達は、雨露を凌げば足るといふ、居住の基本性に立ち戻つたのである。脆弱なる数奇性の如きは先づ問題ではない。われ〳〵の居住は、防空と密接な関連に集中されてゐる。今のところ、それ以外の要素は問題にしなくともいゝ位である。それから居住の観念に時代的意義が著しく加つて来た。隣組関係に入つて来てから居住と近隣との考へ方が変つた。以前は隣人をより多く観察者として対してゐたが、今は協同生活者になつた。各戸的に住んではゐるが、少くとも、隣組は一つの棟の下に住んでゐるのも同様になつた。塀を高くし、その上に、忍返をくつつけたやうな個人主義的傾向はなくなるであらう。いざ、空襲となると、塀でも垣でもぶつ壊して通路にし、それを協同精神の道路にすべき時代になつてゐるからである。

現在の住居即ち高円寺三丁目に於ては、丁度、その時代に入つたのである。

今の住所に来て、支那事変になり、大東亜戦争になつたのだ。

わたしは、居住の歴史を考へてみて、そこに、いろ〳〵の反省を受けたことを告白しないわけには往かないのである。

新生日本の姿

玩具サーベル

強い反省と、正しい標幟とをもつて、日本は、今、新生しようとしてゐる。日本は明治維新によつて形の上の封建主義を打破した。そして知識を広く世界に求めた。

世界の進歩に追ひついた。部分的には優るとも劣らない進歩を見せもした。そのうちに増上慢となつて謙虚の美徳を失つた。驕傲になつた。そこに日本の大なる過ちがあつた。このために敗れたのである。

形の上の封建主義は崩壊したが、心意の上には封建主義が残つてゐて、それが根強く人々を支配してゐた。敗戦してみて、そのことが一般国民に明白にされたのだつた。その封建主義を打倒して全く条理に合つた日本と日本人とにならなければならないのである。すなはち、新生日本は、高度の文化国家になることである。

われわれの文化が高いものであると自惚れてゐたのは、非常な間違ひであつた。卑近な一例を挙げよう。新聞によると、原子爆弾と、昆虫駆除剤Ｄ・Ｄ・Ｔが今次の戦争中になされた科学上の二大発明と云はれてゐる。そしてそれに劣らぬ一〇八〇と称する殺鼠剤が完成したと報道されてゐる。わたしは蚤を捩り潰したり、蠅を蠅叩きで一匹一匹叩いたりするやうな時間つぶしを実に遺憾と思つてゐた。蚊、蚤、蠅、鼠の如きは如何なる意味でも有害無益であるから、何とかして全滅出来ないものだらうかと日頃考へてゐた。米国の進駐軍の宿舎の上を、飛行機が低く飛んだ。何のためだか日本人には分らなかつたのであるが、それはＤ・Ｄ・Ｔを撒布したのである。

それを蚤を一々捩り潰したり、蠅を叩き殺したり、蚊を燻したりしてゐる日本の状態に比較すると、どうであらう。それ丈でも日本がアメリカより文化が進んで居るといへるだらうか。それは卑近な一例である。機械工作に於て日本が如何にアメリカより遅れてゐたかは、卒直に認めない訳には行かない。電気に関する進歩程度は、日本は米国に比して廿年位は遅れてゐるといつて筆者に話して呉れた人があるが、それほどでなくとも、日本が遅れてゐたことは否定出来ない。それほど遅れてゐながら、それを覚知しなかつたとすれば無智であり、日本が進んでゐないのに、進んでゐたと信じ切つてゐたとすれば自惚である。さうした自惚は日本では全面的にあつたことを思ひ返すことが出来る。条理を尚ぶことを忘れて、逆に、不条理を美質とさへ確信してゐる多くがあつた。屈従に慣れ、土下座感情を無意識にもち、奴隷道徳を服従の美徳と誤解して、個性の自覚を欠き、自由の精神、独立の気魄に就いての認識が不足であり過ぎた。

新生日本の姿は、新生日本の精神なくしてはありえないことを人々は先づ知らねばならぬ。

さて、日本は武備なき国家となつた。武備なき国家の進むべき唯一の途は、平和国家として高度の文化をもち、民主主義として日本的特性を出すことである。それが新生日本の姿である。さうしてそれを理想的に実現するために必要なことは教育である。

放送によれば、郵便はがきや切手の意匠から武人の像が消えるといふが、アナトール・フランスは、両親が子供に軍人の服を着せたり、ナポレオンの戦争画を買つてやつたり、玩具のサアベルを持たせたりしてゐるうちは、軍国主義は消滅しないといつたが、同様の景観をわたしは、七五三の宮詣りの子供達に見たものだ。かうしたことから改めなければならない。詣り、玩具のサアベルの代りに、玩具のシヤベルでも買つて与へ、そして労働の尊貴を自づと感銘せしめねばならない。平和国家たるには、それ位の細心な教育が必要となつて来るのである。

洗濯しながらでも

戦争はその勝敗の如何に拘らず、悲惨なものであり特に敗者の立場となつた時のみじめさといつたらない。そのみじめさをわれ〳〵はまざ〳〵と経験した。また、戦争が如何に道徳を低下せしめるものであるかを身を以て聞睹させられた。それは醜くもあり、怖しいことでもある。尤も、その間にも徳性が美しく閃めきもしたが、大体に於て道徳の低下は免れないのが例だ。人間性の喪失でもあり、畸形化でもあるのだ。平和国家は道義に立脚させなければならない。その一つのものは文化国家の双翼をなすものである。

新生日本の姿こそは、澄み切つた空気の中に映し出さねばならないものだ。昔から云ひ慣はされてゐる東海の君子国の実を備へるべく努力することだ。そこに何等かの暗影があつてはならない。いや、微かな陰翳もである。

あるべきものは、美しい魂であり、愛の感情である。封建制の時代には復讐が賛美されたことがある。しかるに文化国家となつてゐたと称する日本が復讐を美談として民衆教育の奥に絶えず供してゐた。それは心理の上に封建制を保存せしめてゐたものだ。封建思想の消滅が期せられないのが当然である。人間思想の高貴性からいへば、夙に払拭すべき性質のものであつたのだ。それをその儘に放置しては、新生日本は健全な発達を遂げうるものではない。

次に民主主義といふことだが、それには政治の民主主義が先づ目につく。国民の誰もが政治をする。政治に参与してその責任のあるところを明らかに出来ることである。選挙権も、被選挙権も出来るだけ拡大することだ。そこで婦人の政治的権利も当然発生したのだが、しかし、実質的にいへば婦人達が政治に関心をもち、政治に分ること が前提である。それは婦人が政治の運動のために内を外にすることではなく、家に居て裁縫しながらも、また、洗濯しながらでも政治に関心がもちえられるのであつて、凡てのことは政治と関係をもち、即ち凡ては政治に通ずるのである。その認識が民主主義政治の根柢ともいふべきで、形の上だけで被選挙権、選挙権をもつだけでは十分とはいへないのだ。で、わたしは新生日本の民主主義的政治を出来るだけ完全にもつための素地が必要だと思ふが、それと共に生活それ自体が民主主義化しなければならぬと考へる。

それには社会生活に於ける差別的階級の形式がなるたけ少ないがいゝし、既にあるものは能ふ限り、撤廃若くは減縮させるべきだ。

また、民主とは自主でもあるといふのは、他から律せられる代りに、自から律し、自分の自由を重んずると供に、他人の自由をも重んじ、法則をよく守ると共に独立自尊して依存せず、限度をいみじくも知つて他を犯さないことに根柢がある。個人生活のさうした運び方が、家族生活、乃至社会生活の美しき調和となることによつてのみ民主主義は、花も、実もあることになる。

家庭の民主主義

家庭生活に就いてこれをいへば、親には法律上親権が規定されてはゐるが、それには自づから限度があるのであつて、子供のもつ条理を、いくら親権があるからといつても不条理で抑圧は出来ない。しかるに、不条理を以て条理を押へつけるといつたことを世の分らず屋の親達のうちにはして来た者があつた。それを政治に照し合せると差当り、悪い意味での独裁ともなるのである。民主主義は独裁と大凡正反対の立場に立つものである。無意識にもせよ、家庭に於てさうした意味での独裁を敢てなしつゝある者には、民主主義国家に就いての理解が十分に行き届かないのである。わたしは新生日本の民主主義は個人の自覚に立脚した清白なる自由の精神、徳性の伴つた生活の上に築かるべきだと思ふ。民主主義を家庭に入れるなら親権の濫用のない、主人に少しの独裁的我儘のない状態となるものと考へる。しかるに日本家庭の過去に於ては、わたしのいふ意味での家庭生活の民主主義的形態は極めて希薄だつたやうに思はれるのだ。

夫が妻にたいする専制主義が毫も反省され、改善されない限り、政治の民主主義を指目しても完璧は期せられないと思はれる。従つて、政治上の民主主義に美しい開花をもたせるためにも卑近な日常の社会生活、家族生活、個人生活の万般に於ける民主主義的素地を併せて開墾しなければなるまいと考へる。

そして前述したやうに、民主主義は清白な条理の上に立脚するとすれば、家庭に於てもそれに照応する条理が常に支配し、正しい慣行が存してゐるので、筆者が若かりしとき、安部磯雄氏の著書の一つをよんで今尚記憶から逸脱しないことがある。それは氏の家庭では予算会議が全家族によつて行はれ、安部氏の提出した全収入（月額の）についてその費途の分配を決めるといふことである。主人の金の使途は明示されて居て、全家族に少しの隠し立てのない明白さであるが、氏の家庭の如きは全く稀有の例に属するといへよう。しかし、民主主義の清白さを、家庭に移入すればさうにもならうかと思はれるし、逆にさうした家庭の生活形態は、政治並に社会生活上の民主主義を真に確立することにならう。全身の健康のためには、各細胞単位が強壮であるといふ理屈は民主主義に就いても考へられるとすれば、民主主義の一つの性格である清白性は、家庭生活の民主主義的清白を基礎として十分に成り立つのであると云つてもよからう。

新生日本は、言葉の上や、形式乃至政策だけの問題では完全に開展させられるものではないとも考へられる。わたしはこの場合家庭の主婦達を対象として論議したので、例を家庭若くは卑近な日常生活に関連させながら、特に右のやうな筆法に於て、新生日本の姿を素描したのである。

自由、責任、徳性、平和等の諸条件が、経緯となつて新生日本の正しい模様が織りなされるものと見たいのだ。国土の狭められた日本が高度文化の建設を樹立することにより、また、それを妨げて来た諸勢力を抜本的に払拭することによつて始めてかち得られる新生日本であると知らねばならぬ。敗戦のもたらした苦難はさうした理想的文化国家の再建によつてのみ償ひうるものであらう。その希望に支持されて発足した日本であることは、各人の銘刻しなければならぬ所以である。

編者解説　高円寺の新居格

荻原 魚雷

新居格の「新居」は「にい」と読む。「格」は「いたる」。わたしは初見では読めず、しばらく「あらいかく」だとおもっていた。

一八八八(明治二十一)年三月九日徳島県坂野郡大津村(現・鳴門市)生まれ。父は医者、いとこに賀川豊彦がいる。無政府主義者で生活協同組合(生協)の運動にも熱心だった。「モボ・モガ(モダンボーイ・モダンガール)」「左傾」などの流行語の考案者といわれ、小説、戯曲、評論、随筆などを執筆していた。戦後初の杉並区長としても知られ、パール・バック『大地』、ジョン・スタインベック『怒りの葡萄』など訳書も多数ある。

一九五一年十一月十五日、六十三歳で世を去った。

とはいえ、その著作を読んだことのある人はそれほど多くはないだろう。新刊で読める本(訳書をのぞいて)はほとんどない。古本屋でも滅多に見かけない(古書価も高い)。

わたしは新居格のことを龍膽寺雄の『人生遊戯派』(昭和書院、一九七九年)の「高円寺時代」の章で知った。

「その頃マルクシズムを標榜するプロレタリア派にも与せず、私たちの新興芸術派にも与せず、アナーキストを名乗って独自の立場をとりながら、豪放磊落にして洒脱な風貌で一つの地位を保っていた評論家の新居格も、中央沿線に住んで、異彩を放っていた」

龍膽寺雄がここまで人を褒めるのは珍しい。龍膽寺自身も後にシャボテン（サボテン）の研究者になるなど、かなり異彩を放っていた作家だった。

同じ町内に文壇や論壇の傍流にいた新居格と龍膽寺雄が住んでいたというのは不思議な縁だ。

新居が高円寺に引っ越してきたのは関東大震災の翌年の一九二四（大正十三）年十月。前の月に貯金が底をつき、引っ越し代は借金でまかなった。三十六歳。高円寺駅の開設が一九二二年秋、昨年、百周年を迎えたばかりである。

大正末から昭和にかけて、高円寺には詩人、モダニスト作家、プロレタリア作家が多く住んでいた。後に「中央線文士」と呼ばれる作家群も生まれる。

新居格は駅ができて間もない町に移り住み、その発展を見てきた。区長時代には「杉並を文化地区にしたい」と願った。

龍膽寺雄の「豪放磊落にして洒脱な風貌」という評に魅かれ、新居格の著作を探し求めるようになったのだが、読んでみると、あまりにも素朴でやさしい散文だったので肩すかしを食らった。

「わたしは時々こんな風にいうことがある。——金のないのが何で恥づべきことであるか。と、いってのけた後で、「しかし不便ではある」と附け足さざるを得なかった」(「金について」/本書所収)

言葉の選び方、人柄の温かみ——奇をてらったところはまったくない。ちょっととぼけた感じの文章である。その考え方は八十年くらい後の自分が読んでも違和感がない。そう考えると、当時としてはかなり異質な人だったのかもしれない。

新居の執筆期は戦前戦中の言論統制下と重なる。一見、平易で肩の力が抜けた散文は強い抑圧のもとで書かれている。書きたくても書けないことがたくさんあったにちがいない。「××××」といった伏字が入っているものもある。

本書の所収の「断想」に「わたしは天下国家のことを論ずるのはきらひだ。村のこと、町のこと、町の中の知合ひのこと、その人達の商売の好調、生活のよさ、運命の明るさ等に就いて考へることがすきだ。その人達と陽気な挨拶を交はし、朗らかに語ることがすきだ」(本書83頁)とある。

一九三〇年代の文章である。新居は町の活気を愛した。日々の営み、個の自由を大切にした。そして穏やかな心持を維持するために、人知れぬ努力や工夫を惜しまない人だった。たまにこぼす愚痴や弱音もいい。

「生活の錆」と題した随筆にこんな一節がある。

「僕は号令を発するやうな調子で物を云ふことを好まない。肩を聳やかす姿勢は大きらひだ。啖呵を切るやうな云ひ方をするのが勇敢で悪罵することが大胆だと幼稚にも考へてゐるものが少くないのに驚く。形式論理はくだらない。まして反動だの、自由主義だの、小ブルジョアだのと云ふ文字を徒らに濫用したからと云つて議論が尖鋭になるのではない。どんなに平明な、また、どんなに物静かな調子で表現しても内容が尖鋭であれば、それこそ力強いのだ」（本書86頁）

新居の書き残したエッセイの中では強い意見表明かもしれない。いかに（自分では）正しいことだとおもっていても、語り口や態度が横柄だと余計な反発を招く。「反動」とか「小ブルジョア」といったレッテルを貼り、相手を批判することにたいする懐疑は今の時代にもいえる。

書く人は一人だが、読む人の立場は千差万別だ。あっちを立てればこっちが立たずになる。

新居は議論を好まなかった。周囲にどうおもわれようが、左右されない。

「私は私の道を行くだけである」（「或る日のサローンにて」／本書所収）

彼の随筆には「生活」という言葉が頻出する。思想信条に関する語彙に様々な制約があったころに、売文生活を余儀なくされた新居は「生活」という言葉に自分の理想をこめていた。

その「生活」の軸は散歩と読書だった。季節の移り変わりや日常をこよなく愛し、温柔な良識人であろうとした。無名の市民として生きることを望んだ。自らを「市井人」「凡人」「平人」と名のっていた。

日々、精神の平穏を保つために歩き、本を読んでいたようなところがある。町をうろつきながら、小さな喜びを探す。町の人の生活に触れる。たまたま道で会った若者と話しこみ、新しい文化を吸収する。散歩中に気持が晴れ晴れしないときは自分の状態がよくないと嘆き、町を楽しめないのは修養不足だと反省する。

実直ゆえの自己嫌悪――その心のゆれも新居格の随筆の面白さである。

新居格に関する考察に『近代日本の生活研究』（光生館、一九八二年）所収の「街の生活者　新居格」（小松隆二）がある。

「平凡な市井人の日常の生活について生活者として目をむけ、表現したのが、彼の生活探求であり、生活評論であった。ある意味では、そこに彼の特異な才能もあった」

人々の暮らしの多彩さを観察し、町の人の声に耳を傾け、そこから人生の意味を考える。そこから町の哲学が生まれた。

「批評家の生活」で「批評の仕事は理性的であらねばならぬ。理性を透徹させるためには、思索に忠実であらねばならぬ。そして理性をよりよく生かすためには、健康も必要だと思ひました」（本書108頁）と綴る。

早起きして近所を散歩する。正午までに机に向うことを心がける。夜の会合にはなるべく顔を出さず、家にこもって読書する。

しかしおもうようにいかない。おひとよしで頼まれ事を断らず、自分の時間がなくなってしまう。いつもそのことで悩んでいる。

かつて高円寺(後に新宿に移転)に「みち草」という飲み屋があった。多くの文士が通った店で阿佐ヶ谷に暮らしていた私小説作家の上林曉も常連の一人だ。

村上護著『阿佐ヶ谷文士村』（春陽堂書店）によると、「上林を『みち草』に紹介したのは新居格であった。彼は文化人ではじめての公選杉並区長になっていた。そんな肩書きをもつ新居が、中央沿線に住む文士たちに、『みち草』を紹介する」とある。

酒類販売禁止の政令が出ていたころの話だ。しかも新居自身は酒を飲まない。にもかかわらず、区長の立場でありながら政令を無視し、いろいろな作家を飲み屋に連れ回していた。

「新居格区長でわかるとおり、そのころは文化人もお高くとまっていなかった」

新居格の場合、自分が「文化人」や「知識人」と目されることを恥じる気持すらあった。「私は作家ではない」とも書いている。そのときどきの自分の気になっていることを文章にする。書きたいものを書いているだけ――その姿勢は生涯変わらなかった。

『遺稿　新居格杉並区長日記』（波書房、一九七五年）所収、娘の新居好子さんの「父を語る」によると「父は成人になって柔和な寛容な性格の奥に、幼い頃の孤独を秘め、個人的に誰れ彼れと騒いだり、はめをはずすことはなかった」と回想している。

そんな「柔和で寛容な性格」は一朝一夕で作られたものではない。新居の人格形成の歩みは紆余曲折というか、わかりやすいものではない。〝代表作〟といわれるような作品も残していない。

注文に応じて書いてきたような短文は後世に残りにくい。これといった専門分野のない書き手の雑文は本人が世を去ると忘れられてしまいがちだ。没後もずっと読み継がれるような作家なんて、文学史の中でも一握りしかいない。だけど、一握りからこぼれた作家にも素晴らしい文章を書く人はいる。

新居格もそのひとりであろう。

底本一覧

（詩）

自由人の言葉	「短歌研究」一九三七年六月号（和巻耿介『評伝新居格』文治堂書店所収）
爽やかな海景	『季節の登場者』（人文會、一九二七年）
性格破産者の感想	同
モダンガールの心臓	同
大地震の思ひ出	同
正月	同
春の淡彩	『生活の錆』（岡倉書房、一九三三年）
微涼を求めて	同
冬日独語	同
散歩者の言葉	同
小さな喜び	同
雑草の如く	同
断想	同
生活の錆	同
或る日のサローンにて	同
五月と読書生	『生活の窓ひらく』（第一書房、一九三六年）

時間　同
街と同盟する言葉　同
世界的なもの　同
批評家の生活　同
街の銀幕　同
林檎畠にて　『街の哲學』（青年書房、一九四〇年）
鮒を釣る卓　同
凡人私語　同
晴日の書窓にて　同
或る日に思ふ　同
生活の楽しさ　同
人生老い莫し　『野雀は語る』（青年書房、一九四一年）
貧民の叡智　同
小さな世界　同
旅する心　同
燕雀の志　同
春に考へる　『心のひゞき』（道統社、一九四二年）
書斎の春　同
順境・逆境　同
本と読書との好み　同

金について　　　同
眠むれぬ或る夜　『心の日曜日』（大京堂書店、一九四三年）
菜園　　　　　　同
散歩の哲学　　　同
高円寺にて　　　同
新生日本の姿　　『人間復興』（玄同社、一九四六年）

底本の旧字は新字に改め、ルビは底本に従いましたが、難字には新たに付しました。
また、明らかな誤植は訂正し、印刷の不鮮明箇所につきましては適宜補っています。

〈著者〉

新居《にい》 格《いたる》

一八八八（明治二十一）年、徳島県板野郡（現鳴門市）生まれ。東京帝大卒業後、読売や東京朝日などの新聞記者を経て文筆生活へ。個人の自由を重んじるアナキズムの立場から文芸評論や社会批評を論じる。パール・バック『大地』やジョン・スタインベック『怒りの葡萄』等、多くの翻訳も手がけたほか、「左傾」「モボ」「モガ」など時代の流行を上手く捉えた造語も生み出した。戦後は初の公選杉並区長や生活協同組合の理事長を務めるなど、市井の人々や日々の生活を大切にした。一九五一年逝去。享年六十三。主な著書に『季節の登場者』『アナキズム芸術論』『生活の錆』『女性点描』『生活の窓ひらく』『街の哲學』『心の日曜日』『市井人の哲学』『杉並区長日記』など。

〈編者〉

荻原《おぎはら》 魚雷《ぎょらい》

一九六九年、三重県鈴鹿市生まれ。文筆家。著書に『中年の本棚』『古書古書話』『日常学事始』『本と怠け者』『古本暮らし』ほか、編者をつとめた本に梅崎春生『怠惰の美徳』『吉行淳之介ベスト・エッセイ』尾崎一雄『新編　閑な老人』富士正晴『新編　不参加ぐらし』などがある。

新居格 随筆集　　散歩者の言葉

2023年12月31日　初版第一刷発行

〔著　者〕新居《にい》 格《いたる》

〔編　者〕荻原《おぎはら》 魚雷《ぎょらい》

〔発行者〕古屋《こや》 淳二《じゅんじ》

〔発行所〕虹霓社《こうげいしゃ》

〒418-0108　静岡県富士宮市猪之頭806
tel：050-7130-8311
web：http://kougeisha.net
e-mail：info@kougeisha.net

〔協力〕元田 進、徳島県立文学書道館
〔資料協力〕アナキズム文献センター

〔装丁〕虹霓社デザイン室
〔企画／組版〕古屋 淳二
〔入力／校正〕小柳津まさこ（SHE SAYS distro）

ISBN978-4-9909252-6-0

虹霓社の本

『杉並区長日記　地方自治の先駆者　新居格』
新居 格

〈小伝〉
〝地方自治・地方行政の鑑〟新居格の生涯と業績―典型的な自由人・アナキスト（小松隆二）
〈エッセイ〉
新居格と「世界の村」のことなど（大澤正道）

978-4-9909252-0-8
1,600 円＋税

『放浪の唄　ある人生記録』
高木 護

〈解説〉放浪詩人は戒める（澤宮 優）

978-4-9909252-4-6
2,000 円＋税